卞尺丹几乙し丹卞と
Translated Language Learning

Les Aventures d'Alice au Pays des Merveilles

As Aventuras de Alice no País das Maravilhas

Lewis Carroll

Français / Português

Dans le Terrier du Lapin
Descendo a Toca do Coelho

Alice commençait à être très fatiguée
Alice estava começando a ficar muito cansada
Elle était assise à côté de sa sœur sur le talus d'herbe
Ela estava sentada ao lado da irmã no banco de grama
Mais elle n'avait rien à faire
mas ela não tinha nada para fazer
Sa sœur lisait un livre
sua irmã estava lendo um livro
une ou deux fois, Alice jeta un coup d'œil dans le livre
uma ou duas vezes Alice espiou o livro
Mais le livre ne contenait ni images ni conversations
Mas o livro não tinha fotos ou conversas
« À quoi sert un livre sans images ? » pensa Alice
"De que serve um livro sem imagens?", pensou Alice
« Pourquoi un livre n'aurait-il pas de conversations ? »
"Por que um livro não teria conversas?"
Mais elle avait d'autres choses à considérer

mas ela tinha outras coisas a considerar
« Faire une chaîne de marguerites serait un plaisir »
"Fazer uma corrente de margaridas seria um prazer"
« Mais cela vaut-il la peine de se lever et de cueillir les marguerites ?? »
"Mas será que vale a pena o esforço de se levantar e pegar as margaridas??"
Ce n'était pas si facile d'y penser
Não foi tão fácil pensar nisso
parce que la journée la rendait somnolente et stupide
porque o dia estava a fazê-la sentir-se sonolenta e estúpida
Mais soudain, ses pensées s'interrompirent
mas, de repente, seus pensamentos foram interrompidos
un lapin blanc aux yeux roses courait près d'elle
um coelho branco de olhos cor-de-rosa corria perto dela

Il n'y avait rien de trop remarquable chez le lapin

Não havia nada de muito notável no coelho

et Alice ne trouvait pas non plus le lapin remarquable

e Alice também não achava o coelho notável

elle ne s'étonna pas non plus quand le Lapin parla

nem a surpreendeu quando o Coelho falou

« Oh mon Dieu ! Je serai trop tard ! se dit-il

"Oh querida! Vou chegar tarde demais!", disse a si mesmo

mais alors le Lapin a fait quelque chose que les lapins n'ont pas fait

mas depois o Coelho fez algo que os coelhos não fizeram

le Lapin tira une montre de la poche de son gilet

o Coelho tirou um relógio do bolso do colete

Il regarda l'heure puis se hâta

Olhou para a hora e depois apressou-se

Alice se leva, stupéfaite

Alice pôs-se de pé, espantada

Elle n'avait jamais vu un lapin avec un gilet auparavant !

ela nunca tinha visto um coelho com um colete antes!

elle n'avait jamais vu non plus de lapin avec une montre !

nem nunca tinha visto um coelho com um relógio!

Alice brûlait d'une nouvelle curiosité

Alice estava ardendo com uma nova curiosidade

et elle courut à travers le champ après le Lapin

e ela correu pelo campo atrás do Coelho

Elle était juste à temps pour voir le lapin disparaître

ela estava a tempo de ver o coelho desaparecer

Le lapin sauta dans un grand terrier de lapin

o coelho saltou para uma grande toca de coelho

Un instant plus tard, Alice s'est mise à courir après le lapin !

Em outro momento, desceu Alice atrás do coelho!

Le terrier du lapin continuait tout droit comme un tunnel

A toca do coelho seguia em linha reta como um túnel

Et le tunnel a continué à avancer sur une certaine distance

e o túnel continuou por alguma distância

Et puis le chemin s'est soudainement incliné

e então o caminho de repente mergulhou

Alice n'eut pas un instant pour songer à s'arrêter
Alice não teve um momento para pensar em parar-se
Elle s'est retrouvée à tomber et à tomber
ela se viu caindo e descendo e descendo
Il semblait qu'elle était tombée dans un puits très profond
parecia que ela tinha caído num poço muito profundo
Ou le puits était très profond, ou bien elle tombait très lentement
Ou o poço era muito profundo, ou ela caía muito lentamente
parce qu'elle avait tout le temps de tomber
porque ela tinha muito tempo para cair
alors qu'elle tombait, elle pouvait regarder tout autour d'elle
Enquanto ela estava caindo, ela podia olhar ao seu redor
D'abord, elle a essayé de comprendre où elle allait
Primeiro, ela tentou descobrir para onde estava indo
mais le puits était trop sombre pour voir quoi que ce soit
mas o poço estava muito escuro para ver qualquer coisa
Puis elle regarda les côtés du puits
depois olhou para os lados do poço
Et elle remarqua qu'il y avait des placards tout autour d'elle
e reparou que havia armários à sua volta
et tout autour du puits il y avait des étagères de livres
e ao redor do poço havia estantes de livros
Çà et là, elle voyait des cartes et des tableaux accrochés à des piquets
aqui e ali ela viu mapas e fotos pendurados em estacas
En passant, elle prit un bocal sur l'une des étagères
Ela tirou um frasco de uma das prateleiras enquanto passava
Le pot a été étiqueté pour son contenu
O frasco foi rotulado pelo seu conteúdo
« MARMELADE D'ORANGES »
"MARMELADA FEITA DE LARANJAS"
Mais, à sa grande déception, le pot de marmelade était vide
mas, para sua grande deceção, o frasco de marmelada estava vazio
Elle ne voulait pas laisser tomber le pot de marmelade vide
Ela não queria largar o frasco de marmelada vazio

et sa chute fut très lente
e sua queda foi muito lenta
Elle a donc réussi à mettre le pot de marmelade dans l'un des placards
então ela conseguiu colocar o frasco de marmelada em um dos armários
Tombée, descendue, tombée !
Para baixo, para baixo, para baixo ela cai!
La chute prendrait-elle fin ?
Será que a queda chegaria ao fim?
Il n'y avait rien d'autre à faire
Não havia mais nada a fazer
alors Alice commença bientôt à se parler à elle-même
então Alice logo começou a falar consigo mesma
« Je vais beaucoup manquer à Dinah ce soir, je pense ! »
"Dinah vai sentir muita falta de mim esta noite, devo pensar!"
Dinah était le chat d'Alice
Dinah era a gata de Alice
« J'espère qu'ils se souviendront de sa soucoupe de lait à l'heure du thé »
"Espero que se lembrem do pires de leite dela na hora do chá"
« Dinah, ma chère, je voudrais que tu sois ici avec moi ! »
"Dinah, minha querida, eu gostaria que você estivesse aqui comigo!"
Alice sentit qu'elle s'assoupissait
Alice sentiu que estava a cochilar
Et puis soudain, bruit sourd ! bourrade!
e, de repente, bater! baque!
Elle tomba sur un tas de bâtons
abaixo, ela caiu sobre um monte de paus
et elle atterrit sur un tas de feuilles sèches
e ela pousou em uma pilha de folhas secas
et enfin la longue chute dans le trou était terminée
e, finalmente, a longa queda pelo buraco acabou
Alice n'était pas du tout blessée
Alice não ficou nem um pouco magoada
Et elle se leva d'un bond au bout d'un instant

e ela saltou dentro de um momento
Elle leva les yeux, mais il faisait noir au-dessus de sa tête
Ela olhou para cima, mas estava tudo escuro por cima
Devant elle se trouvait un autre long couloir
à sua frente havia outro longo corredor
et le Lapin Blanc était toujours en vue
e o Coelho Branco ainda estava à vista
Il se hâtait dans le couloir
apressava-se pelo corredor
Il n'y avait pas un instant à perdre
Não havia um momento a perder
Alice s'enfuit comme le vent
fora correu Alice como o vento
Au coin de la rue, le lapin s'est retourné
ao virar da esquina virou o coelho
Elle était juste à temps pour entendre le lapin
ela estava a tempo de ouvir o coelho
« "Oh, mes oreilles et mes moustaches »
"Oh, meus ouvidos e bigodes"
« Comme il est tard ! »
"Quão tarde está chegando!"
Elle était tout près derrière le lapin
Ela estava perto atrás do coelho
Elle tourna au détour d'un autre coin
Ela virou outra esquina
mais le Lapin n'était plus visible
mas o Coelho já não era para ser visto
Elle se retrouva dans une longue salle basse
Ela se viu em um longo e baixo salão
La salle était éclairée par une rangée de plafonniers
O salão foi iluminado por uma fileira de lâmpadas de teto
Il y avait des portes tout autour de la salle
Havia portas ao redor do salão
mais toutes les portes étaient fermées à clé
mas todas as portas estavam trancadas
Elle marcha tout le long d'un côté de la salle
Ela caminhou por todo o caminho por um lado do corredor

et elle avait fait tout le chemin de l'autre côté de la salle

e ela tinha caminhado até o outro lado do salão

Elle avait essayé toutes les portes

ela tinha tentado todas as portas

et elle marchait tristement au milieu de la salle

e ela caminhou tristemente pelo meio do corredor

« Comment vais-je jamais en sortir ? »

"Como é que eu vou sair de novo?"

Tout à coup, elle tomba sur une petite table

De repente, deparou-se com uma mesinha

La table était entièrement en verre massif

a mesa era feita inteiramente de vidro sólido

Il n'y avait rien sur la table à part une petite clé dorée

Não havia nada sobre a mesa, mas uma pequena chave de

ouro
La clé pourrait appartenir à l'une des portes !
a chave pode pertencer a uma das portas!
Mais, hélas ! Certaines serrures étaient trop grandes pour les clés
mas, infelizmente! algumas das fechaduras eram grandes demais para as chaves
et pour les autres serrures, la clé était trop petite
e para as outras fechaduras a chave era muito pequena
mais, en tout cas, la clef n'ouvrit aucune des portes
mas, de qualquer forma, a chave não abriu nenhuma das portas
Mais que devait-elle faire ?
Mas o que ela deveria fazer?
Elle traversa de nouveau le couloir
ela passou pelo corredor novamente
et cette fois, elle remarqua un rideau bas
e desta vez notou uma cortina baixa
Derrière le rideau se trouvait une petite porte
atrás da cortina havia uma pequena porta
La porte avait une quinzaine de pouces de haut
A porta tinha cerca de quinze centímetros de altura
Elle essaya la petite clé dorée dans la serrure
Ela tentou a pequena chave dourada na fechadura
Et à sa grande joie, la clé s'est glissée dans la serrure !
e para seu grande deleite, a chave cabia na fechadura!
Alice ouvrit la porte
Alice abriu a porta
et elle trouva la porte qui donnait sur un petit couloir
e ela encontrou a porta que dava para um pequeno corredor
Le couloir n'était pas beaucoup plus grand qu'un trou à rats
o corredor não era muito maior do que um buraco de rato
Elle s'agenouilla et regarda le long du couloir
Ajoelhou-se e olhou pelo corredor
et elle a vu le plus beau jardin que vous ayez jamais vu
e ela viu o jardim mais lindo que você já viu
comme elle avait envie de sortir de cette salle sombre

como ela desejava sair daquele salão escuro
comme elle voulait se promener parmi ces fleurs lumineuses
como ela queria vagar entre aquelas flores brilhantes
Comme ces fontaines avaient l'air cool et rafraîchissantes
como era legal refrescar aquelas fontes
Mais elle ne pouvait même pas passer la tête par la porte
mas ela não conseguia sequer passar a cabeça pela porta
— Oh ! dit Alice d'un ton lugubre
— Oh — disse Alice, triste
comme je voudrais pouvoir me plier comme un télescope !
"como eu gostaria de poder dobrar como um telescópio!"
« Je pense que je pourrais me plier comme un télescope »
"Acho que podia dobrar-me como um telescópio"
« Si seulement je savais par où commencer »
"se eu soubesse como começar"
Alice retourna à la table
Alice voltou à mesa
Il y avait la chance de trouver une autre clé
havia a chance de encontrar outra chave
Ou il pourrait y avoir un livre de règles
ou pode haver um livro de regras
Le livre pourrait lui apprendre à se plier comme un télescope
o livro podia dizer-lhe como se dobrar como um telescópio
Cette fois, elle trouva une petite bouteille
Desta vez, ela encontrou uma garrafinha
**« cette bouteille n'était certainement pas là auparavant, » dit
Alice**
"Esta garrafa certamente não estava aqui antes", disse Alice
**et autour du goulot de la bouteille était attachée une
étiquette en papier**
e amarrado ao redor do gargalo da garrafa havia um rótulo de
papel
**L'étiquette était magnifiquement imprimée en grandes
lettres**
A etiqueta foi lindamente impressa em letras grandes
« BOIS-MOI »
"BEBA-ME"

« Non, je vais regarder d'abord », a-t-elle dit
"Não, vou olhar primeiro", disse ela
« Je vais voir si la bouteille est marquée comme toxique ou non, »
"Vou ver se a garrafa está marcada como venenosa ou não"
Parce qu'elle n'a jamais oublié la leçon sur le poison
porque ela nunca esqueceu a lição sobre veneno
« Si une bouteille est étiquetée comme toxique, elle est forcément en désaccord avec vous »
"Se uma garrafa é rotulada como venenosa, é provável que discorde de você"
Cependant, cette bouteille n'a pas été marquée comme toxique
No entanto, esta garrafa não foi marcada como venenosa
alors Alice se hasarda à goûter le contenu de la bouteille
então Alice aventurou-se a provar o conteúdo da garrafa
Elle trouva le liquide tout à fait à son goût
ela achou o líquido bastante ao seu gosto
La boisson avait une sorte de saveur mélangée
a bebida tinha uma espécie de sabor misto
tarte aux cerises, crème pâtissière et ananas
torta de cereja, creme e abacaxi
Rôtir la dinde, le caramel et le pain grillé au beurre chaud
peru assado, caramelo e torradas com manteiga quente
et elle finit bientôt la bouteille
e ela logo terminou a garrafa
« Quelle curieuse sensation ! » dit Alice
"Que sensação curiosa!", disse Alice
« Je me plie comme un télescope ! »
"Estou a dobrar-me como um telescópio!"
Et elle se repliait comme un télescope !
E ela estava dobrando como um telescópio de fato!
Elle n'avait plus que dix pouces de haut
Ela tinha agora apenas dez centímetros de altura
et son visage s'éclaira à ses pensées
e o seu rosto iluminou-se com os seus pensamentos
Maintenant, elle était de la bonne taille pour la petite porte

agora ela era do tamanho certo para a pequena porta
Maintenant, elle pouvait aller dans ce joli jardin
agora ela podia ir para aquele lindo jardim
Bientôt, elle a cessé de devenir plus petite
Logo ela parou de ficar menor
Elle décida d'aller tout de suite dans le jardin
Ela decidiu ir para o jardim imediatamente
mais, hélas pour la pauvre Alice !
mas, ai da pobre Alice!
Elle arriva à la porte
ela chegou à porta
Mais elle avait oublié la petite clé d'or
mas ela tinha esquecido a pequena chave de ouro
Elle retourna à la table pour prendre la clé
Ela voltou para a mesa para a chave
**Mais elle s'aperçut qu'elle ne pouvait pas atteindre assez
haut**
mas ela descobriu que não conseguia chegar alto o suficiente
Elle pouvait voir la clé très distinctement à travers la vitre
ela podia ver a chave claramente através do vidro
Elle essaya de grimper sur les pieds de la table
ela tentou subir pelas pernas da mesa
Mais le verre était beaucoup trop glissant
mas o copo estava muito escorregadio
Finalement, elle s'est fatiguée à essayer
Eventualmente, ela se cansou de tentar
et la pauvre petite fille s'assit et pleura
e a pobre menina sentou-se e chorou
Alice se parlait à elle-même assez vivement
Alice falou consigo mesma de forma bastante incisiva
« Allons, ça ne sert à rien de pleurer comme ça ! »
"Venha, não adianta chorar assim!"
« Je vous conseille d'arrêter tout de suite ! »
"Aconselho-o a parar logo neste minuto!"
Elle se donnait généralement de très bons conseils
Ela geralmente se dava muito bons conselhos
bien qu'elle suivît très rarement ses propres conseils

embora ela muito raramente seguisse seus próprios conselhos
Et elle était parfois trop dure envers elle-même
e ela às vezes era muito dura consigo mesma
et ses paroles lui firent monter les larmes aux yeux
e as suas palavras trouxeram-lhe lágrimas aos olhos
Bientôt, son regard tomba sur une petite boîte en verre
Logo seu olho caiu sobre uma caixinha de vidro
La petite boîte de verre était posée sous la table
A caixinha de vidro estava deitada debaixo da mesa
Dans la boîte en verre se trouvait un tout petit gâteau
na caixa de vidro havia um bolo muito pequeno
Sur le gâteau, quelques mots étaient magnifiquement écrits
No bolo algumas palavras foram lindamente escritas
les mots avaient été marqués dans des groseilles
as palavras tinham sido marcadas em groselhas
« MANGE-MOI »
"COME-ME"
« Eh bien, je vais manger le gâteau », dit Alice
"Bem, eu vou comer o bolo", disse Alice
« et si le gâteau me fait grossir, je peux atteindre la clé »
"e se o bolo me fizer crescer, posso chegar à chave"
« et si le gâteau me fait rapetisser, je peux me glisser sous la porte »
"e se o bolo me fizer ficar menor, posso rastejar debaixo da porta"
« Donc, de toute façon, j'irai dans le jardin »
"então de qualquer maneira eu vou entrar no jardim"
« Et peu m'importe lequel des deux arrive ! »
"E eu não me importo qual dos dois acontece!"
Elle a mangé un peu du gâteau
Ela comeu um pouco do bolo
et elle se parla anxieusement à elle-même :
e ela ansiosamente falou consigo mesma:
« Dans quel sens ? Dans quel sens ?
"De que maneira? De que maneira?"
et elle posa la main sur sa tête
e ela segurou a mão na cabeça

Elle voulait sentir de quelle façon elle grandissait
ela queria sentir de que maneira ela estava crescendo
Elle fut très surprise de découvrir ce qui s'était passé
Ela ficou bastante surpresa ao descobrir o que tinha
acontecido
Elle était restée de la même taille !
ela tinha permanecido do mesmo tamanho!
Cette fois, elle redoubla donc d'efforts
Então, desta vez, ela dobrou seus esforços
Et bientôt, elle termina tout le gâteau
e logo ela terminou todo o bolo

La mare de larmes
A Piscina das Lágrimas

« Cela devient de plus en plus intéressant ! » s'écria Alice

"Isto está a ficar cada vez mais interessante!", gritou Alice

Vous pouvez voir qu'elle était très surprise

Você pode ver que ela ficou muito surpresa

« Je m'ouvre comme le plus grand télescope qui ait jamais existé ! »

"Estou abrindo como o maior telescópio que já existiu!"

« Au revoir, les pieds ! Oh, mes pauvres petits pieds"

"Adeus, pés! Oh, meus pobres pezinhos"

« Je me demande qui va vous mettre vos chaussures maintenant, mes chères ? »

"Eu me pergunto quem vai calçar seus sapatos para você agora, queridos?"

et je me demande qui mettra vos bas ?

"E eu me pergunto quem vai colocar suas meias?"

« Je serai beaucoup trop loin »

"Estarei muito longe"

« Je ne pourrai plus me soucier de toi »

"Eu não vou mais poder me preocupar com você"

Juste à ce moment, sa tête heurta quelque chose

Neste exato momento, sua cabeça bateu contra algo

Elle avait atteint le toit de la salle

ela tinha chegado ao telhado do salão

En fait, elle mesurait maintenant plus de deux mètres

na verdade, ela tinha agora mais de dois metros de altura

et elle prit aussitôt la petite clef d'or

e ela imediatamente assumiu a pequena chave de ouro

et elle se précipita vers la porte du jardin

e ela correu para a porta do jardim

Pauvre Alice ! Il n'y avait pas grand-chose qu'elle pouvait faire

Coitada da Alice! Não havia muito que ela pudesse fazer

Elle s'allongea sur le côté

Deitou-se de um lado

et elle regarda d'un œil dans le jardin

e ela olhou para o jardim com um olho

Mais s'en sortir était plus désespéré que jamais

Mas passar foi mais desesperado do que nunca

Elle s'est assise et a recommencé à pleurer

Sentou-se e começou a chorar novamente

Elle a continué à verser des litres de larmes

Ela continuou derramando galões de lágrimas

Bientôt, il y eut une grande flaque tout autour d'elle

Logo havia uma grande piscina ao seu redor

et l'eau atteignait la moitié du couloir

e a água chegou a meio do corredor

Au bout d'un moment, elle entendit un petit claquement de pieds

Depois de um tempo, ela ouviu um pequeno bater de pés

Elle entendit les pas venir de loin

ouviu os pés que vinham de longe

et elle s'essuya vivement les yeux pour voir ce qui allait arriver

e secou apressadamente os olhos para ver o que estava por vir

C'était le retour du Lapin Blanc

Era o Coelho Branco a regressar

Il était magnifiquement vêtu

ele estava esplendidamente vestido

Il avait une paire de gants blancs dans une main

Ele tinha um par de luvas brancas em uma das mãos

et il avait un grand éventail de plumes dans l'autre main

e ele tinha um grande leque de penas na outra mão

Il arriva en trottinant en toute hâte

Ele veio trotando com muita pressa

et il murmura en lui-même : « Oh ! la duchesse, la duchesse !

e murmurou para si mesmo: "Oh! a Duquesa, a Duquesa!"

« Ah ! ne serait-elle pas sauvage si je l'ai fait attendre !

"Ah! ela não será selvagem se eu a mantive esperando!"

Quand le Lapin s'approcha d'elle, Alice prit la parole
Quando o Coelho se aproximou dela, Alice falou
Mais elle parlait d'une voix basse et timide
mas ela falava com uma voz baixa e tímida
« Monsieur, s'il vous plaît, arrêtez ce que vous faites un instant »
"Senhor, por favor, pare o que você está fazendo por um momento"
Le Lapin sursauta violemment
O Coelho assustou-se violentamente
Il laissa tomber les gants blancs et l'éventail de plumes
deixou cair as luvas brancas e o leque de penas
et il s'enfuit dans les ténèbres aussi vite qu'il le put
e fugiu para a escuridão o mais rápido que pôde
Alice ramassa l'éventail en plumes et les gants
Alice pegou o ventilador de penas e as luvas
Et elle n'arrêtait pas de s'éventer tout en parlant
e ela continuou se fantasiando enquanto continuava falando
« Cher, cher ! Comme tout est étrange aujourd'hui !
"Querido, querido! Como tudo é estranho hoje!"

« Hier, les choses se sont passées comme d'habitude »
"Ontem as coisas correram como habitualmente"
« Étais-je le même quand je me suis levé ce matin ? »
"Eu era o mesmo quando me levantei esta manhã?"
« Mais si je ne suis pas le même, il y a une autre question »
"Mas se eu não sou o mesmo, há outra questão"
« Qui suis-je ? »
"Quem no mundo sou eu?"
« Ah, c'est le grand casse-tête ! »
"Ah, esse é o grande quebra-cabeça!"
En disant cela, elle baissa les yeux sur ses mains
Ao dizer isso, ela olhou para suas mãos
Elle portait l'un des petits gants blancs du lapin
Ela estava usando uma das pequenas luvas brancas dos
coelhos
Elle n'avait pas remarqué qu'elle avait mis le gant en parlant
ela não tinha notado que ela colocou a luva enquanto falava
« Comment ai-je pu faire cela ? » a-t-elle pensé
"Como posso ter feito isso?", pensou
« Je dois redevenir petit »
"Devo estar a ficar pequeno outra vez"
Elle se leva et s'approcha de la table pour mesurer sa taille
Levantou-se e foi para a mesa medir a sua altura
Elle a découvert qu'elle mesurait maintenant environ un
demi-mètre
descobriu que tinha agora cerca de meio metro de altura
et elle rétrécissait encore rapidement
e ela ainda estava encolhendo rapidamente
Elle découvrit rapidement quelle était la cause de ce
rétrécissement
Ela logo descobriu qual era a causa do encolhimento
L'éventail de plumes la rendait encore plus petite !
o fã de penas estava a torná-la mais pequena outra vez!
et elle laissa tomber l'éventail de plumes à la hâte
e ela largou o leque de penas às pressas
Elle laissa tomber l'éventail de plumes juste à temps pour se
sauver

Ela largou o ventilador de penas a tempo de se salvar
Si elle s'était éventée plus longtemps, elle se serait complètement retirée
se ela tivesse se fantasiado mais, teria se encolhido completamente
« C'était une échappatoire de justesse ! » dit Alice
"Foi uma fuga por pouco!", disse Alice
et elle fut bien effrayée de ce changement soudain
e ela ficou bastante assustada com a mudança repentina
mais elle était très heureuse de se trouver encore en existence
mas ela estava muito feliz por se encontrar ainda na existência
« Et maintenant, en route pour le jardin ! »
"E agora, vamos para o jardim!"
Et elle courut à toute vitesse vers la petite porte
E ela correu com toda a velocidade de volta para a pequena porta
Mais, hélas ! La petite porte fut refermée
mas, infelizmente! a pequena porta foi fechada novamente
et la petite clé d'or était de nouveau posée sur la table de verre
e a pequena chave dourada estava deitada na mesa de vidro novamente
« Les choses sont pires que jamais », pensa le pauvre enfant
"As coisas estão piores do que nunca", pensou a pobre criança
« Je n'ai jamais été aussi petit que ça auparavant, jamais ! »
"Nunca fui tão pequena como antes, nunca!"
En prononçant ces mots, son pied glissa
Quando ela disse essas palavras, seu pé escorregou
et un instant plus tard, il y eut une grande éclaboussure !
e em outro momento houve um grande splash!
Elle était dans l'eau salée jusqu'au menton
ela estava até o queixo em água salgada
Sa première idée fut qu'elle était tombée d'une manière ou d'une autre dans la mer
A sua primeira ideia foi que, de alguma forma, tinha caído no mar

**Cependant, elle s'est vite rendu compte dans quoi elle se
trouvait**
No entanto, ela logo percebeu no que estava
Elle était dans une mare de larmes
Ela estava em uma poça de lágrimas
**les larmes qu'elle avait versées quand elle avait deux mètres
de haut**
as lágrimas que chorara quando tinha dois metros de altura

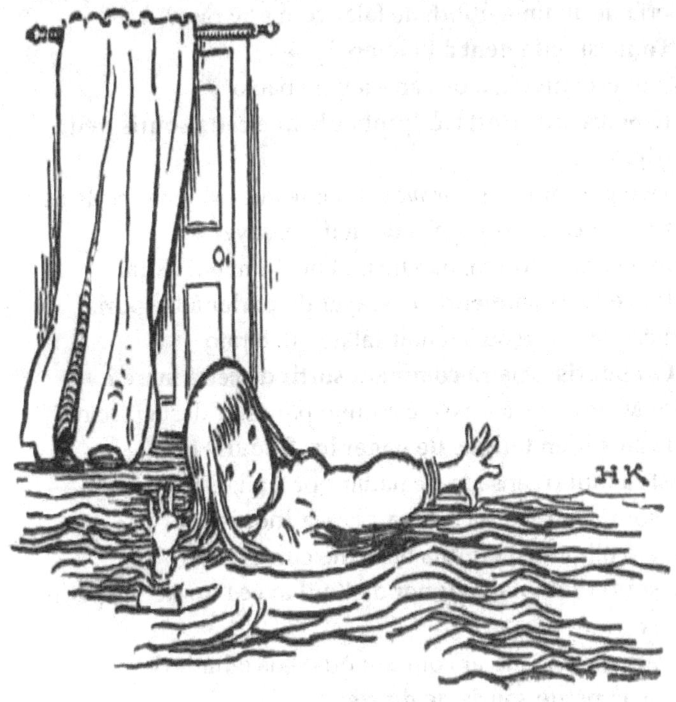

Juste à ce moment-là, elle entendit quelque chose
Só então ela ouviu algo
Quelque chose barbotait dans la mare
algo estava espirrando na piscina
Les éclaboussures venaient d'un peu de loin
os salpicos vieram de um pouco longe
**et elle nagea plus près pour voir ce que c'était que les
éclaboussures**

e ela nadou mais perto para ver o que era o salpicos
Elle vit bientôt que ce n'était qu'une petite souris
Ela logo viu que era apenas um ratinho
La petite souris s'était également glissée dans l'eau
O ratinho também tinha escorregado para a água
Alice réfléchit à la situation
Alice pensou consigo mesma sobre a situação
« Serait-il utile de parler à cette souris ? »
"Seria de alguma utilidade falar com este rato?"
« Tout est tellement à l'envers ici »
"Aqui está tudo tão de cabeça para baixo"
« Je pense que c'est très probable que cette souris peut parler »
"Devo pensar muito provavelmente que este rato pode falar"
« En tout cas, il n'y a pas de mal à essayer »
"De qualquer forma, não há mal nenhum em tentar"
Alors elle a commencé à essayer de parler à la souris
Então ela começou a tentar falar com o rato
« Oh Souris, sais-tu comment sortir de cette mare ? »
"Oh Mouse, você sabe o caminho para sair desta piscina?"
« Je suis bien fatigué de nager ici, ô souris ! »
"Estou muito cansado de nadar por aqui, Oh Mouse!"
La souris la regarda d'un air assez inquisiteur
O rato olhou-a de forma bastante curiosa
La souris semblait cligner de l'œil avec l'un de ses petits yeux
O rato parecia piscar com um dos seus olhinhos
Mais la petite souris ne dit rien
mas o ratinho não disse nada
« Peut-être la souris ne comprend-elle pas l'anglais », pensa Alice
"Talvez o rato não entenda inglês", pensou Alice
« J'ose dis-le que c'est une souris française »
"Ouso dizer que é um rato francês"
« peut-être que cette souris est venue avec Guillaume le Conquérant »
"talvez este rato tenha vindo com Guilherme, o Conquistador"

Alors elle a recommencé, en français
Então ela começou de novo, em francês
« Où est mon chat ? » a-t-elle demandé en français
"Onde está o meu gato?", perguntou em francês
c'était la première phrase de son livre de leçons de français
foi a primeira frase do seu livro-aula de francês
La souris fit un saut soudain hors de l'eau
O Rato deu um salto repentino para fora da água
et la souris semblait frémir de frayeur
e o rato parecia tremer todo de susto
— Oh ! je vous demande pardon ! s'écria vivement Alice
"Oh, peço perdão!", gritou Alice apressadamente
Elle craignait d'avoir blessé les sentiments du pauvre animal
ela tinha medo de ter ferido os sentimentos do pobre animal
« J'oubliais que tu n'aimais pas les chats »
"Esqueci-me que não gostavas de gatos"
« Je n'aime pas les chats ! » cria la Souris d'une voix aiguë et passionnée
"Eu não gosto de gatos!", gritou o Rato com uma voz estridente e apaixonada
« Voudrais-tu des chats, si tu étais moi ? »
"Você gostaria de gatos, se você fosse eu?"
Alice réconforta la souris d'un ton apaisant
Alice confortou o rato num tom suave
« Eh bien, peut-être que je n'aimerais pas non plus les chats si j'étais vous »
"Bem, talvez eu não gostasse de gatos se eu fosse você também"
« S'il vous plaît, ne soyez pas en colère à propos de la mention des chats »
"por favor, não se zangue com a menção de gatos"
« Et pourtant, j'aimerais pouvoir te montrer notre chat Dinah »
"E, no entanto, eu gostaria de poder mostrar-lhe a nossa gata Dinah"
« Si vous la rencontriez, je pense que vous prendriez goût aux chats »

"se você a conhecesse, acho que levaria uma fantasia aos gatos"

« Si seulement vous pouviez la voir »

"Se você só pudesse vê-la"

« Elle est une chose si chère et si calme »

"Ela é uma coisa tão querida e tranquila"

La souris tremblait de partout

O rato tremia todo

Alice était certaine que la souris devait être vraiment offensée

Alice sentiu-se certa de que o rato devia estar realmente ofendido

« On ne parlera plus d'elle, si tu préfères ne pas le faire »

"Não vamos mais falar dela, se preferir não"

« Nous, en effet ! » s'écria la Souris

"Nós, de fato!", gritou o Rato

La souris tremblait jusqu'au bout de sa queue

o rato tremia até ao fim da cauda

« Comme si je voulais parler d'un tel sujet ! »

"Como se eu falasse sobre um assunto desses!"

« Notre famille a toujours détesté les chats »

"A nossa família sempre odiou gatos"

"Les chats ; des choses méchantes, basses, vulgaires !

"gatos; coisas desagradáveis, baixas, vulgares!"

« Ne me laissez plus entendre le nom ! »

"Não me deixe ouvir o nome novamente!"

— Je ne parlerai plus des chats, en effet, dit Alice

"Não vou falar de gatos de novo!", disse Alice

Elle était très pressée de changer de sujet

ela estava com muita pressa para mudar de assunto

"Êtes-vous... Aimez-vous les chiens ?

"Você é... Você gosta de cachorros?"

« Il y a un petit chien si gentil près de notre maison, »

"Há um cãozinho tão agradável perto da nossa casa"

« Je voudrais te montrer le petit chien ! »

"Gostaria de lhe mostrar o cãozinho!"

"Ce petit chien tue tous les rats et...

"Este cãozinho mata todos os ratos e...
« Oh ! mon Dieu ! » s'écria Alice d'un ton triste
"Oh, querida!", gritou Alice em tom de tristeza
« J'ai peur de t'avoir encore offensé ! »
"Tenho medo de te ofender de novo!"
La souris nageait loin d'elle aussi vite qu'elle le pouvait
o rato estava nadando para longe dela o mais rápido que
podia ir
et la souris fit tout un vacarme dans la mare
e o rato fez uma grande comoção na piscina
Alors elle appela doucement la souris
Então ela ligou suavemente atrás do rato
« Ma chère souris, s'il vous plaît, revenez ! »
"Meu querido rato, por favor, volte!"
« Et nous ne parlerons pas des chats »
"E não vamos falar de gatos"
« Et nous n'avons pas non plus besoin de parler des chiens »
"E também não temos de falar de cães"
Quand la souris entendit cela, elle se retourna
Quando o rato ouviu isso, virou-se
et la petite souris nagea lentement vers elle
e o ratinho nadou lentamente de volta para ela
Le visage de la souris était assez pâle
o rosto do rato estava bastante pálido
et la souris parla d'une voix basse et tremblante
e o rato falou, com voz baixa e trêmula
« Allons à la rive »
"Vamos à costa"
« et ensuite je vous raconterai mon histoire »
"e depois vou contar-vos a minha história"
« et vous comprendrez pourquoi c'est moi qui déteste les chats et les chiens »
"e você vai entender por que é que eu odeio cães e gatos"
Il était grand temps de partir
Tinha chegado o momento de partir
parce que la piscine devenait assez bondée
porque a piscina estava ficando bastante lotada

D'autres oiseaux et animaux étaient tombés dans la mare
outras aves e animais tinham caído na piscina
il y avait un Canard et un Dodo
havia um pato e um dodô
et il y avait un oiseau Lory et un aiglon
e havia um pássaro Lory e um Eaglet
et il y avait plusieurs autres créatures intéressantes
e havia várias outras criaturas de aparência interessante
Alice a ouvert la voie à la sortie de la piscine
Alice conduziu o caminho para fora da piscina
et toute la troupe des animaux nagea jusqu'au rivage
e todo o grupo de animais nadou até a praia

Uma corrida de caucus e uma cauda longa
C'était en effet une bande d'animaux à l'allure amusante
Eles eram, de fato, um bando de animais de aparência engraçada
et ils se rassemblèrent tous sur le bord de l'eau
e todos se reuniram na margem da água
Les oiseaux avaient tous des plumes débraillées
todos os pássaros tinham penas arrastadas
et les animaux à fourrure étaient trempés
e os animais peludos foram encharcados
et tous étaient trempés, agacés et mal à l'aise
e todos estavam pingando molhados, irritados e desconfortáveis

Il y avait une question à laquelle il fallait répondre en premier
havia uma pergunta que tinha de ser respondida primeiro
Quelle est la meilleure façon pour tout le monde de se sécher ?
Qual é a melhor maneira de todos ficarem secos?
Ils ont tenu une consultation à ce sujet

Procederam a uma consulta sobre este assunto
Bientôt, ils furent tous en bons termes
logo estavam todos em termos familiares
C'était comme si elle les avait connus toute sa vie
era como se os tivesse conhecido toda a vida
La souris semblait être une personne d'une certaine autorité
o rato parecia ser uma pessoa de alguma autoridade
« Asseyez-vous, vous tous, et écoutez-moi ! »
"Sentem-se, todos vocês, e ouçam-me!"
« Je vais bientôt vous faire sécher à nouveau ! »
"Em breve vou fazer todos vocês secarem de novo!"
Ils s'assirent tous en même temps, dans un grand cercle
Todos se sentaram de uma só vez, num grande anel
et la petite souris s'assit au milieu
e o ratinho sentou-se no meio
« Hum ! » dit la souris d'un air important
"Ahem!", disse o rato com um ar importante
« Êtes-vous tous prêts ? »
"Estão todos prontos?"
« C'est la chose la plus sèche que je connaisse »
"Esta é a coisa mais seca que conheço"
« Silence tout autour, s'il vous plaît ! »
"Silêncio ao redor, se quiser!"
« Guillaume le Conquérant était favorisé par le pape »
"Guilherme, o Conquistador, foi favorecido pelo Papa"
« mais il fut bientôt soumis par les Anglais »
"mas logo foi submetido pelos ingleses"
« Ils voulaient des leaders ces derniers temps »
"Queriam líderes dos últimos tempos"
« et ils avaient été habitués au pouvoir et à la conquête »
"e estavam habituados ao poder e à conquista"
**« Edwin et Morcar, les comtes de Mercie et de
Northumbrie »**
"Edwin e Morcar, os Condes de Mércia e Nortúmbria"
« Pouah ! » dit l'oiseau lori, avec un frisson
"Ugh!", disse o pássaro lori, com um arrepio
« et même Stigand, l'archevêque patriote de Cantorbéry »

"e até mesmo Stigand, o arcebispo patriótico de Cantuária"
« Il l'a également trouvé opportun »
"Ele também achou aconselhável"
« Qu'a-t-il trouvé à propos ? » dit le canard
"O que ele achou aconselhável?", disse o pato
— Il l'a trouvé opportun, répondit la souris d'un ton un peu contrarié
"Ele achou aconselhável", respondeu o rato de forma bastante cruzada
Mais le canard n'était pas satisfait
mas o pato não estava satisfeito
« Bien sûr, vous savez ce que 'it' signifie »
"Claro, você sabe o que 'isso' significa"
« Je sais ce que c'est quand je trouve quelque chose », dit le canard
"Eu sei o que é 'isso' quando encontro uma coisa", disse o pato
« C'est généralement une grenouille ou un ver »
"geralmente é um sapo ou um verme"
« La question est de savoir ce que l'archevêque a trouvé ?
"A questão é: o que o arcebispo encontrou?"
La souris n'a pas remarqué cette question
O rato não reparou nesta pergunta
Au lieu de cela, la souris continua précipitamment son discours
Em vez disso, o rato prosseguiu apressadamente com o discurso
« il a jugé opportun d'aller avec Edgar Atheling »
"achou aconselhável ir com Edgar Atheling"
« pour rencontrer Guillaume et lui offrir la couronne »
"encontrar-se com Guilherme e oferecer-lhe a coroa"
la souris continua, se tournant vers Alice pendant qu'elle parlait
o rato continuou, virando-se para Alice enquanto falava
« Comment allez-vous maintenant, ma chère ? »
"Como você está se saindo agora, meu caro?"
– Aussi mouillée que jamais, dit Alice d'un ton mélancolique

"Tão molhada como sempre", disse Alice em tom melancólico
« Cette histoire n'a pas l'air de me tarir du tout »
"Esta história não me parece secar de todo"
— Dans ce cas, dit solennellement le dodo en se levant
— Nesse caso — disse solenemente o dodô, erguendo-se de pé
« Je vote pour l'ajournement de la séance »
"Voto pelo adiamento da reunião"
« et je propose l'adoption immédiate de remèdes plus énergiques »
"e proponho a adoção imediata de remédios mais enérgicos"
« Dis des paroles vraies ! » dit l'aiglon
"Fale palavras verdadeiras!", disse a águia
« Je ne connais pas le sens de la moitié de ces longs mots »
"Não sei o significado de metade dessas palavras longas"
et, qui plus est, je ne crois pas que vous le sachiez non plus !
"e, além disso, eu não acredito que você também saiba!"
— Ce que j'allais dire, dit le dodo d'un ton offensé
"O que eu ia dizer", disse o dodô em tom ofendido
« La meilleure chose à faire pour nous sécher serait une course au caucus »
"A melhor coisa para nos secar seria uma corrida de caucus"
« Qu'est-ce qu'une course de caucus ? » demanda Alice
"O que é uma corrida de caucus?", perguntou Alice

« Eh bien, » dit le dodo, « la meilleure façon de l'expliquer, c'est de le faire »

"Bem", disse o dodô, "a melhor maneira de explicar é fazê-lo"

« D'abord, le dodo a tracé un parcours »

"Primeiro o dodô marcou um autódromo"

« La piste était dans une sorte de cercle »

"a pista estava numa espécie de círculo"

« Et puis tout le groupe a été placé le long du parcours »

"e depois toda a festa foi colocada ao longo do percurso"

Il n'y avait pas de « Un, deux, trois et c'est parti ! »

Não havia "Um, dois, três e longe!"

Mais ils ont commencé à courir quand ils voulaient

mas começaram a correr quando gostavam

et ils finissaient aussi quand ils le voulaient

e também terminaram quando gostaram

Il n'était donc pas facile de savoir quand la course était terminée

Por isso, não foi fácil saber quando a corrida terminou

Après environ une demi-heure de course, ils étaient tous assez secs

depois de meia hora ou mais de corrida, estavam todos bastante secos

le dodo s'écria soudain : « La course est finie ! »

o dodô de repente gritou: "A corrida acabou!"

Et ils se pressèrent tous autour du Dodo

e todos eles se aglomeraram ao redor do dodô

Tous les animaux haletaient et soufflaient

Todos os animais estavam ofegantes e inchados

et tous voulaient savoir : « Mais qui a gagné ? »

e todos queriam saber: "Mas quem ganhou?"

Le dodo ne pouvait pas répondre immédiatement à cette question

Esta pergunta o dodô não poderia responder imediatamente

D'abord, il a dû beaucoup réfléchir

Primeiro ele teve que pensar muito

Après mûre réflexion, le dodo finit par parler

Depois de muito pensar, o dodô finalmente falou

« Tout le monde a gagné, et tous doivent avoir des prix »
"Toda a gente ganhou e todos devem ter prémios"
« Mais qui doit donner les prix ? » demanda un chœur de
voix
"Mas quem vai dar os prémios?", perguntou um coro de vozes
— Eh bien, elle, bien sûr, dit le dodo
"Bem, ela, claro", disse o dodô
et le dodo pointa d'un doigt vers Alice
e o dodô apontou com um dedo para Alice
et toute la troupe des animaux se pressait autour d'elle
e toda a festa de animais amontoados ao seu redor
ils ont crié, d'une manière confuse : « Des prix ! Des prix !
gritaram, de forma confusa: "Prémios! Prémios!"
Alice n'avait aucune idée de ce qu'elle devait faire
Alice não fazia ideia do que fazer
Désespérée, elle mit la main dans sa poche
Desesperada, meteu a mão no bolso
Et elle en sortit une boîte de bonbons
e puxou uma caixa de doces
Heureusement, l'eau salée n'était pas entrée dans la boîte
Felizmente a água salgada não tinha entrado na caixa
et elle a distribué les bonbons comme prix
e entregou os doces como prémios
Il y avait exactement une pièce pour tout le monde
Havia exatamente uma peça para todos
La prochaine chose qu'ils devaient faire était de manger les
bonbons
A próxima coisa que tinham de fazer era comer os doces
Cela a causé du bruit et de la confusion
Isso causou algum barulho e confusão
Les grands oiseaux se plaignaient de ne pas pouvoir goûter
leurs bonbons
as aves de grande porte queixavam-se de não poderem provar
os seus doces
Les petits s'étouffaient et devaient être tapotés dans le dos
os pequenos engasgaram e tiveram de ser acariciados nas
costas

Cependant, c'était enfin fini
No entanto, finalmente acabou
Et ils se rassirent en cercle
e voltaram a sentar-se num ringue
et ils supplièrent la souris de leur dire quelque chose de plus
e imploraram ao rato que lhes dissesse algo mais
— Vous m'avez promis de me raconter votre histoire, vous savez, dit Alice
"Você prometeu me contar sua história, você sabe", disse Alice
et elle fit une autre petite remarque sur les chats à voix basse
e ela fez outro pequeno comentário sobre gatos em um sussurro
Elle ne voulait pas offenser à nouveau la souris
ela não queria ofender o rato novamente
la petite souris se tourna vers Alice et soupira
o ratinho virou-se para Alice e suspirou
« Ma conte est long et triste ! »
"O meu é um conto longo e triste!"
— C'est une longue queue, certainement, dit Alice
"É uma cauda longa, certamente", disse Alice
et elle baissa les yeux avec étonnement sur la queue de la souris
e ela olhou para baixo com admiração para a cauda do rato
« Mais pourquoi appelez-vous cela une queue triste ? »
"Mas por que você chama isso de rabo triste?"
Et elle n'arrêtait pas de s'interroger à ce sujet pendant que la souris parlait
E ela continuou intrigada sobre isso enquanto o rato falava
de sorte que son idée de l'histoire était quelque chose comme ceci
de modo que sua ideia do conto era algo assim

"Fury said to
a mouse, That
he met in the
house, 'Let
us both go
to law: *I*
will prosecute
you.——
Come, I'll
take no denial:
We must have
the trial;
For really
this morning
I've
nothing
to do.'
Said the
mouse to
the cur,
'Such a
trial, dear
sir, With
no jury
or judge,
would
be wasting
our
breath.'
'I'll be
judge,
I'll be
jury,'
said
cunning
old
Fury;
'I'll
try
the
whole
cause,
and
condemn
you to
death.'"

Fury dit à une souris : Qu'il s'est rencontré dans la maison.
Fúria disse a um rato, Que ele se encontrou na casa"
Allons tous les deux en justice, je vous poursuivrai
Vamos ambos à justiça: vou processá-los
Allons, je n'accepterai aucun démenti : il faut que nous fassions l'épreuve
Venha, não vou negar: temos de ter o julgamento
Car vraiment ce matin je n'ai rien à faire
Porque realmente esta manhã eu não tenho nada para fazer
Dit la souris au maudit ;

Disse o rato ao curativo;
Un tel procès, cher monsieur, sans jury ni juge, nous ferait perdre notre souffle
Tal julgamento, caro senhor, sem júri ou juiz, estaria a desperdiçar-nos o fôlego
« Je serai juge, je serai jury », dit le vieux rusé Fury
"Vou ser juiz, vou ser jurado", disse o velho Fúria
Je vais juger toute la cause, et je vous condamnerai à mort
Vou tentar toda a causa e condená-lo à morte
la souris parla sévèrement à Alice
o rato falou severamente com Alice
« Tu ne fais pas attention ! »
"Você não está prestando atenção!"
« À quoi pensez-vous ? »
"O que você está pensando?"
— Je vous demande pardon, dit Alice très humblement
— Peço perdão — disse Alice muito humildemente
« Tu étais arrivé au cinquième virage, je crois ? »
"você tinha chegado à quinta curva, eu acho?"
« Vous m'insultez en disant de telles bêtises ! »
"Você me insulta falando essas bobagens!"
Et la souris se leva et s'éloigna
e o rato levantou-se e afastou-se
Alice appela la petite souris
Alice chamou por causa do ratinho
« S'il vous plaît, revenez et terminez votre histoire ! »
"Por favor, volte e termine sua história!"
Et les autres se joignirent tous en chœur
E os outros juntaram-se todos em coro
« Oui, s'il vous plaît, terminez votre histoire ! »
"Sim, por favor, termine a sua história!"
Mais la souris se contenta de secouer la tête avec impatience
Mas o rato apenas balançou a cabeça impacientemente
et la petite souris marchait un peu plus vite
e o ratinho andava um pouco mais depressa
« Je voudrais bien avoir Dinah, notre chat, ici ! » dit Alice
"Quem me dera ter a Dinah, a nossa gata, aqui!", disse Alice

Cela provoqua une sensation remarquable parmi le parti
Isso causou uma sensação notável entre o partido
Quelques-uns des oiseaux se hâtèrent de s'éloigner
Alguns dos pássaros saíram apressados de uma só vez
et un canari appela d'une voix tremblante ses enfants ;
e um Canário gritou, com voz trêmula, aos seus filhos;
« Allez-vous-en, mes chères ! »
"Vá embora, meus queridos!"
« Il est grand temps que vous soyez tous au lit ! »
"Está na hora de vocês estarem todos na cama!"
Avec diverses excuses, ils sont tous partis
com várias desculpas, todos foram embora
et Alice se retrouva bientôt seule
e Alice logo foi deixada sozinha
« J'aurais aimé ne pas avoir mentionné Dinah ! »
"Eu gostaria de não ter mencionado Dinah!"
« Personne n'a l'air de l'aimer ici »
"Ninguém parece gostar dela aqui em baixo"
« Mais je suis sûr que c'est la meilleure chatte du monde ! »
"mas tenho certeza que ela é a melhor gata do mundo!"
La pauvre Alice se remit à pleurer
A pobre Alice voltou a chorar
parce qu'elle se sentait très seule et déprimée
porque se sentia muito solitária e desanimada
**Au bout de peu de temps, cependant, elle entendit de
nouveau quelque chose**
Em pouco tempo, no entanto, ela voltou a ouvir algo
un petit bruit de pas au loin
um pequeno respingo de passos ao longe
et elle leva les yeux avec impatience
e ela olhou ansiosamente

Le lapin envoie le petit M. Bill
O coelho manda o pequeno Sr. Bill

C'était le lapin blanc, qui revenait lentement au trot
Era o coelho branco, trotando lentamente de volta novamente
Il regardait anxieusement autour de lui en chemin
Ele olhava ansioso enquanto ia
Il avait l'air d'avoir perdu quelque chose
parecia ter perdido alguma coisa
Alice l'entendit marmonner pour lui-même
Alice ouviu-o murmurar para si mesmo
— La duchesse ! La Duchesse ! Oh, mes chères pattes !
"A Duquesa! A Duquesa! Oh, minhas queridas patas!"
« Oh, ma fourrure et mes moustaches ! »
"Oh, meu pelo e bigodes!"
« Elle va me faire exécuter, j'en suis sûr »
"Ela vai me executar, tenho certeza disso"
« Aussi sûr que les furets sont des furets ! »
"Tão certo como os furões são furões!"
« Où ai-je pu laisser tomber mes affaires, je me demande ? »
"Onde posso ter largado as minhas coisas, pergunto-me?"
Alice devina en un instant ce qu'il cherchait
Alice adivinhou num instante o que ele procurava

Il cherchait l'éventail de plumes
ele estava procurando o fã de penas
et il cherchait la paire de gants blancs
e procurava o par de luvas brancas
Elle se mit donc très gentiment à chercher les gants
então ela muito bem-humorada começou a procurar as luvas
Et elle chercha aussi l'éventail de plumes
e ela procurou o fã de penas também
Mais les gants et l'éventail de plumes étaient introuvables
mas as luvas e o ventilador de penas não eram vistos em lugar nenhum
Tout semblait avoir changé depuis sa baignade dans la piscine
Tudo parecia ter mudado desde o seu mergulho na piscina
Rien n'était pareil depuis qu'elle était dans la grande salle
Nada era igual desde que ela estava no Grande Salão
et la table de verre avait disparu
e a mesa de vidro tinha desaparecido
Et la petite porte n'était pas là non plus
e a pequena porta também não estava lá
Très vite, le lapin remarqua Alice
Logo o coelho notou Alice
Il l'appela d'un ton furieux
chamou-a em tom de raiva
« Mary Ann, que fais-tu ici ? »
"Mary Ann, o que você está fazendo aqui fora?"
« Rentre chez toi à l'instant même »
"Corra para casa neste momento"
« Et apporte-moi une paire de gants et un éventail de plumes ! »
"E me busque um par de luvas e um ventilador de penas!"
« Et faites vite ! »
"E seja rápido sobre isso!"
Alice se parlait à elle-même en s'enfuyant
Alice falou consigo mesma enquanto fugia
— Il a dû me prendre pour sa femme de chambre !
"Ele deve ter me confundido com sua empregada doméstica!"

« Comme il sera surpris quand il découvrira qui je suis ! »
"Como ele ficará surpreso quando descobrir quem eu sou!"
En disant cela, elle tomba sur une petite maison soignée
Ao dizer isso, deparou-se com uma casinha arrumada
Sur la porte de la maison se trouvait une plaque de laiton brillant
Na porta da casa havia uma placa de latão brilhante
« W. LAPIN »
"W. COELHO"
Elle entra sans frapper à la porte
Ela entrou sem bater na porta
et elle se hâta de monter l'escalier
e ela correu direto para o andar de cima
elle craignait de rencontrer la vraie Mary Ann
ela temia conhecer a verdadeira Mary Ann
parce qu'alors elle serait chassée de la maison
porque então ela seria expulsa de casa
et elle ne pourrait pas trouver l'éventail de plumes et les gants
e ela não seria capaz de encontrar o ventilador de penas e luvas
Alice s'était frayé un chemin dans une petite pièce bien rangée
Alice tinha encontrado o caminho para um quartinho arrumado
Dans la pièce, il y avait une table près de la fenêtre
na sala havia uma mesa junto à janela
et sur la table, il y avait un éventail de plumes
e sobre a mesa estava um fã de penas
et il y avait deux ou trois paires de petits gants blancs
e havia dois ou três pares de pequenas luvas brancas
Elle ramassa l'éventail en plumes et une paire de gants
Ela pegou o ventilador de penas e um par de luvas
et elle allait quitter la pièce
e ela estava prestes a sair da sala
mais alors ses yeux tombèrent sur une petite bouteille
mas então seus olhos caíram sobre uma garrafinha

Elle déboucha la bouteille et la porta à ses lèvres
Ela descortinou a garrafa e colocou-a nos lábios
« J'espère que cela me fera redevenir grand »
"Espero que me faça crescer de novo"
« J'en ai marre d'être une toute petite chose ! »
"Estou cansada de ser uma coisinha tão pequena!"
Alice avait à peine bu la moitié de la bouteille
Alice mal tinha bebido metade da garrafa
Sa tête était déjà appuyée contre le plafond
sua cabeça já estava pressionando contra o teto
et elle dut se baisser
e ela teve que se inclinar para baixo
pour sauver son cou d'être brisé
para salvar seu pescoço de ser quebrado
Elle posa précipitamment la bouteille
Ela apressadamente abaixou a garrafa
« C'est bien assez »
"Já chega"
« J'espère que je ne grandirai plus »
"Espero não crescer mais"
Hélas! Il était trop tard pour souhaiter cela !
Infelizmente! Era tarde demais para desejar isso!
Elle n'a cessé de grandir
Ela continuou crescendo e crescendo
et très vite elle dut s'agenouiller sur le sol
e logo teve que se ajoelhar no chão
Et même alors, elle a continué à grandir
e mesmo assim ela continuou crescendo
Comme dernière ressource, elle passa un bras par la fenêtre
Como último recurso, ela colocou um braço para fora da janela
et elle mit un pied dans la cheminée
e pôs um pé na chaminé
« Maintenant, je ne peux plus faire, quoi qu'il arrive »
"Agora não posso fazer mais, aconteça o que acontecer"
« Que vais-je devenir ? »
"O que será de mim?"

Alice a eu un peu de chance
Alice teve um lugar de sorte
La petite bouteille magique avait fait son plein effet
a pequena garrafa mágica tinha tido todo o seu efeito
et Alice ne grandit pas plus qu'elle n'était
e Alice não cresceu mais do que era
Au bout de quelques minutes, elle entendit une voix à l'extérieur
Depois de alguns minutos, ela ouviu uma voz do lado de fora
et elle s'arrêta pour écouter la voix
e parou para ouvir a voz
« Mary Ann ! Mary Ann ! dit la voix
"Maria Ana! Mary Ann!", disse a voz
« Apporte-moi mes gants tout de suite ! »
"Busca-me as luvas neste momento!"
Puis vint un petit claquement de pieds dans l'escalier
Depois veio um pequeno bater de pés nas escadas
Alice savait que c'était le lapin qui venait la chercher
Alice sabia que era o coelho que vinha procurá-la
et elle trembla jusqu'à faire trembler la maison
e ela tremeu até sacudir a casa
elle oublia tout à fait quelles étaient ses proportions
esqueceu-se completamente das suas proporções

Elle était mille fois plus grosse que le lapin

ela era mil vezes maior que o coelho

et elle n'avait aucune raison d'avoir peur d'un lapin

e ela não tinha motivos para ter medo de um coelho

Bientôt le lapin s'approcha de la porte

Presentemente, o coelho veio até a porta

et le petit lapin essaya d'ouvrir la porte

e o coelhinho tentou abrir a porta

La porte a commencé à s'ouvrir vers l'intérieur

A porta começou a abrir-se para dentro

mais le coude d'Alice était fortement appuyé contre la porte

mas o cotovelo de Alice foi pressionado com força contra a porta

Cette tentative s'est avérée un échec

Essa tentativa revelou-se um fracasso

Alice entendit le lapin se parler à lui-même

Alice ouviu o coelho falar consigo mesmo

« Ensuite, je vais faire le tour et entrer par la fenêtre »

"Depois dou a volta e entro pela janela"

« Que tu ne le feras pas ! » pensa Alice

"Que você não vai!", pensou Alice

Et elle attendit encore un peu

e ela esperou um pouco novamente

Bientôt, elle entendit le lapin juste sous la fenêtre

Logo ela ouviu o coelho logo abaixo da janela

Elle étendit soudain la main

De repente, estendeu a mão

et elle fit une prise en l'air

e ela fez um arrebatamento no ar

Elle n'a rien attrapé

Ela não se apoderou de nada

mais elle entendit un petit cri et une chute

mas ouviu um pequeno grito e uma queda

et elle entendit un fracas de verre brisé

e ela ouviu uma queda de vidro quebrado

Peut-être le lapin était-il tombé

talvez o coelho tivesse caído

Peut-être était-il dans une serre
talvez ele estivesse em uma casa verde
Puis vint une voix en colère ; La voix du lapin
Em seguida, veio uma voz irritada; A voz do coelho
« Pat, où es-tu ? »
"Pat, onde você está?"
Et puis vint une voix qu'elle n'avait jamais entendue auparavant
E então veio uma voz que ela nunca tinha ouvido antes
« Votre honneur, je suis là ! »
"Vossa honra, estou aqui!"
« Je creuse pour trouver des pommes »
"Estou a cavar maçãs"
« Ici ! Venez m'aider à m'en sortir !
"Aqui! Venha me ajudar a sair dessa!"
« Maintenant, dis-moi, Pat, qu'est-ce qu'il y a dans la fenêtre ? »
"Agora me diga, Pat, o que é isso na janela?"
« Bien sûr, Votre Honneur, je vais vous le dire »
"Claro, sua honra, eu lhe direi"
« C'est un bras qui est dans la fenêtre ! »
"É um braço que está na janela!"
« Eh bien, un bras n'a rien à faire là-bas »
"Bem, um braço não tem nada a ver com isso"
« Va et enlève le bras ! »
"Vá e tire o braço!"
Il y eut un long silence après cela
Houve um longo silêncio depois disso
et Alice n'entendait que des chuchotements de temps en temps
e Alice só podia ouvir sussurros de vez em quando
et enfin elle étendit de nouveau la main
e, finalmente, estendeu novamente a mão
et elle fit une autre arrachée dans les airs
e ela fez outro arrebatamento no ar
Cette fois, il y eut deux petits cris
Desta vez, houve dois pequenos gritos

et il y avait d'autres bruits de verre brisé

e havia mais sons de vidros quebrados

« Je me demande ce qu'ils vont faire ensuite ! » pensa Alice

"Eu me pergunto o que eles vão fazer a seguir!", pensou Alice

« J'aimerais qu'ils me tirent par la fenêtre »

"Quem me dera que me puxassem pela janela"

Elle attendit un certain temps

Ela esperou por algum tempo

Mais pendant un moment, elle n'entendit plus rien

mas por um tempo ela não ouviu mais nada

Enfin, il y eut un grondement de petites roues

Por fim, veio um estrondo de pequenas rodas

et il y eut le son d'un bon nombre de voix

e lá veio o som de um bom número de vozes

Toutes les voix parlaient ensemble

todas as vozes falavam juntas

Elle pouvait distinguer certaines des paroles

Ela conseguia perceber algumas das palavras

« Où est l'autre échelle ? »

"Onde está a outra escada?"

« Bill a l'autre échelle »

"Bill tem a outra escada"

« Bill, viens ici ! »

"Bill, venha aqui!"

« Le toit va-t-il supporter le fardeau ? »

"Será que o telhado vai suportar a carga?"

« Qui veut descendre par la cheminée ? »

"Quem quer descer a chaminé?"

— Non, je ne le ferai pas ! Vous le faites !

"Não, não vou! Você faz isso!"

« Tiens, Bill ! »

"Aqui, Bill!"

« Le maître dit qu'il faut descendre par la cheminée ! »

"O mestre diz que você tem que descer a chaminé!"

Alice descendit son pied aussi loin qu'elle le put dans la cheminée

Alice puxou o pé o mais longe que pôde pela chaminé

Et puis elle attendit de voir ce qui allait arriver
e então ela esperou para ver o que estava por vir
Elle entendit un petit animal gratter et se débattre
Ela ouviu um bichinho arranhando e mexendo
Le petit animal doit être dans la cheminée
o animalzinho deve estar na chaminé
Puis elle donna un coup de pied sec
Em seguida, ela deu um chute forte
et elle attendit de voir ce qui allait se passer ensuite
e esperou para ver o que aconteceria a seguir
Elle entendit un chœur général de voix
Ela ouviu um coro geral de vozes
« Voilà Bill ! » dirent-ils tous
"Lá vai Bill!", disseram todos
Puis elle entendit la voix du lapin seule
depois ouviu sozinha a voz do coelho
« Toi par la haie, attrape-le ! »
"Você pela sebe, pegue-o!"
Il y eut un autre moment de silence
Houve mais um momento de silêncio
Et puis il y eut une autre confusion de voix
e depois houve outra confusão de vozes
« Lève la tête, Brandy »
"Levanta a cabeça, Brandy"
« Attention à ne pas l'étouffer »
"cuidado para não sufocá-lo"
« Qu'est-ce qui t'est arrivé ? »
"O que aconteceu com você?"
Enfin, une petite voix faible et grinçante est apparue
Por último, veio uma voz um pouco fraca e estridente
« Eh bien, je n'en sais presque pas plus »
"Bem, quase não sei mais"
« merci à tous, je vais mieux maintenant »
"obrigado a todos, estou melhor agora"
« il y a une chose dont je peux me souvenir »
"há uma coisa de que me lembro"
« Quelque chose vient à moi comme un train dans un

tunnel »
"algo me vem como um comboio num túnel"
« Et je vole comme une fusée ! »
"e lá em cima eu voo como um foguete!"
Il y eut une minute ou deux de silence
Houve um ou dois minutos de silêncio
puis ils ont recommencé à se déplacer
e então eles começaram a se mover novamente
et Alice entendit de nouveau le Lapin parler
e Alice ouviu o Coelho falar novamente
« Une brouette fera l'affaire, pour commencer »
"Um barrowful vai fazer, para começar"
« Une brouette pleine de quoi ? » pensa Alice
"Um barrowful de quê?", pensou Alice
Mais elle ne fut pas tenue en suspens longtemps
Mas ela não foi mantida em suspense por muito tempo
Une pluie de petits cailloux est passée par la fenêtre
Uma chuva de pequenos seixos veio pela janela
et quelques petits cailloux l'ont frappée au visage
e alguns dos pequenos seixos atingiram-na na cara
Alice fut surprise par les petits cailloux
Alice ficou surpreendida com os pequenos seixos
Tous les petits cailloux se transformaient en gâteaux
todos os pequenos seixos estavam se transformando em bolos
et une idée lumineuse lui vint à l'esprit
e uma ideia brilhante lhe veio à cabeça
« Je devrais manger un de ces gâteaux »
"Devia comer um destes bolos"
« Le gâteau ne manquera pas de faire changer ma taille »
"bolo com certeza vai fazer alguma mudança no meu
tamanho"
Alors elle a avalé l'un des gâteaux
Então ela engoliu um dos bolos
et elle fut ravie de constater qu'elle commençait à rétrécir
e ficou encantada ao descobrir que começou a encolher
Bientôt, elle fut assez petite pour franchir la porte
Logo ela era pequena o suficiente para passar pela porta

Elle s'est enfuie de la maison
ela saiu correndo de casa
Une foule de petits animaux et d'oiseaux attendaient dehors
uma multidão de pequenos animais e pássaros esperava do
lado de fora
**tous les petits oiseaux et les petits animaux se précipitèrent
sur Alice**
todos os passarinhos e animais correram para Alice
Mais elle s'enfuit aussi vite qu'elle le put
mas ela fugiu o mais rápido que pôde
et bientôt elle se trouva en sécurité dans un bois épais
e logo ela se viu segura em uma madeira grossa
Alice errait dans les bois
Alice vagava pela floresta
Et elle pensa en elle-même :
e pensou consigo mesma:
« Je sais ce que je dois faire en premier »
"Sei o que tenho de fazer primeiro"
« Je dois d'abord grandir à ma bonne taille »
"primeiro eu tenho que crescer para o meu tamanho certo
novamente"
« et puis je dois trouver mon chemin dans ce joli jardin »
"e então eu tenho que encontrar o meu caminho para aquele
lindo jardim"
**« Je suppose que je devrais manger ou boire quelque chose
ou autre »**
"Suponho que devo comer ou beber uma coisa ou outra"
**« Mais la question est de savoir ce que je dois manger ou
boire ? »**
"mas a questão é: o que devo comer ou beber?"
Alice regarda tout autour d'elle les fleurs
Alice olhou à sua volta para as flores
et elle regarda à travers les brins d'herbe
e ela olhou através das lâminas de grama
mais elle ne voyait rien à manger ni à boire
mas ela não conseguia ver nada para comer ou beber
Rien ne semblait être la bonne chose à manger ou à boire

nada parecia a coisa certa para comer ou beber
Il y avait un gros champignon qui poussait près d'elle
Havia um grande cogumelo crescendo perto dela
le champignon était à peu près de la même taille qu'Alice
o cogumelo tinha aproximadamente a mesma altura que Alice
Elle s'étira sur la pointe des pieds
Ela se esticou na ponta dos pés
Et elle jeta un coup d'œil par-dessus le bord du champignon
e ela espiou sobre a borda do cogumelo
Ses yeux rencontrèrent immédiatement les yeux d'une grande chenille bleue
seus olhos imediatamente encontraram os olhos de uma grande lagarta azul
La chenille était assise sur le sommet du champignon
A lagarta estava sentada no topo do cogumelo
et la chenille avait croisé tous ses bras
e a lagarta cruzara todos os braços
et il fumait tranquillement un long narguilé
e ele estava silenciosamente fumando um longo narguilé
et il ne faisait pas la moindre attention à rien
e não tomou a menor nota de nada
et il n'a certainement pas fait attention à Alice
e ele certamente não prestou atenção em Alice

Les conseils d'une chenille
Conselhos de uma lagarta

Finalement, la chenille a retiré le narguilé de sa bouche

Por fim, a lagarta tirou o narguilé da boca

et il s'adressa à Alice d'une voix languissante et endormie

e dirigiu-se a Alice com uma voz lânguida e sonolenta

« Qui es-tu ? » demanda la chenille

"Quem é você?", disse a lagarta

Alice a répondu, plutôt timidement : « Je sais à peine, monsieur. »

Alice respondeu, bastante tímida: "Mal sei, senhor"

« Juste pour le moment, c'est un peu... »

"Só no momento é tudo um pouco..."

« Je sais qui j'étais quand je me suis levé ce matin" »

"Eu sei quem eu era quando me levantei esta manhã"''

« mais je pense que j'ai dû changer plusieurs fois depuis »

"mas acho que devo ter mudado várias vezes desde então"

« Qu'est-ce que tu veux dire par là ? » dit la chenille

"O que você quer dizer com isso?", disse a lagarta

sévèrement, la chenille lui demanda de s'expliquer

severamente, a lagarta pediu-lhe que se explicasse
— Je ne peux pas m'expliquer, j'en ai peur, monsieur, dit Alice
"Não consigo me explicar, tenho medo, senhor", disse Alice
« parce que je ne suis pas moi-même »
"porque eu não sou eu mesmo"
« Vous voyez, être de tant de tailles différentes en une journée, c'est très déroutant »
"Você vê, ser tantos tamanhos diferentes em um dia é muito confuso"
Elle se redressa et dit très gravement :
Ela levantou-se e disse muito gravemente:
« Je pense que tu devrais me dire qui tu es, en premier »
"Eu acho que você deveria me dizer quem você é, primeiro"
« Pourquoi ? » demanda la chenille
"Por quê?", disse a lagarta
Alice ne voyait aucune bonne raison
Alice não conseguia pensar em nenhuma boa razão
et la chenille semblait être dans un état d'esprit très désagréable
e a lagarta parecia estar em um estado de espírito muito desagradável
alors elle s'en retourna
Então ela se afastou
« Reviens ! » la chenille l'appela
"Voltem!", a lagarta chamou por ela
« J'ai quelque chose d'important à dire ! »
"Tenho algo importante a dizer!"
Alice se retourna et revint
Alice virou-se e voltou novamente
« Garde ton sang-froid », dit la chenille
— Mantenha a calma — disse a lagarta
— C'est tout ? dit Alice
"Isso é tudo?", perguntou Alice
Et elle ravala sa colère de son mieux
e ela engoliu sua raiva o melhor que pôde
« Non, » dit la chenille

"Não", disse a lagarta
La chenille déplia ses bras
A lagarta desdobrou os braços
Et il retira le narguilé de sa bouche
e tirou o narguilé da boca novamente
et il a dit : « Vous pensez donc que vous avez changé, n'est-ce pas ? »
e ele disse: "Então você acha que está mudado, não é?"
— J'ai peur, je suis changée, monsieur, dit Alice
"Tenho medo, estou mudada, senhor", disse Alice
« Je ne me souviens plus des choses comme je m'en souvenais »
"Não me lembro das coisas como costumava lembrar-me delas"
« et je ne reste pas plus de dix minutes de la même taille ! »
"e eu não fico do mesmo tamanho por mais de dez minutos!"
« Quelle taille veux-tu faire ? » demanda la chenille
"Que tamanho você quer ter?", perguntou a lagarta
— Oh, ma taille ne me dérange pas particulièrement, répondit vivement Alice
"Oh, eu particularmente não me importo com o tamanho que eu sou", Alice respondeu apressadamente
« Je n'aime pas changer de taille si souvent, vous savez »
"Eu simplesmente não gosto de mudar de tamanho com tanta frequência, sabe"
« J'aimerais être un peu plus grand, monsieur »
"Gostaria de ser um pouco maior, senhor"
— Si cela ne vous dérange pas, ajouta Alice
"Se você não se importasse", acrescentou Alice
« Dix centimètres, c'est une taille si misérable »
"dez centímetros é uma altura tão miserável"
« C'est une très bonne hauteur en effet ! » dit la chenille avec colère
"É uma altura muito boa mesmo!", disse a lagarta irritada
et il se redressa tout en parlant
e ergueu-se ereto enquanto falava
Il mesurait exactement dix centimètres de haut

ele tinha exatamente dez centímetros de altura
Au bout d'une minute ou deux, la chenille s'est détachée du champignon
Em um ou dois minutos, a lagarta desceu do cogumelo
et il s'enfonça en rampant dans l'herbe
e rastejou para a relva
En s'éloignant, il fit quelques petites remarques
Quando foi embora, fez algumas pequenas observações
« Un côté vous fera grandir »
"Um lado vai fazer você crescer mais alto"
« Et l'autre côté te fera rapetisser »
"e o outro lado vai fazer você ficar mais curto"
« Un côté de quoi ? » pensa Alice en elle-même
"Um lado de quê?", pensou Alice para si mesma
« L'autre côté de quoi ? »
"O outro lado de quê?"
« Le côté du champignon », dit la chenille
— O lado do cogumelo — disse a lagarta
C'était comme si elle avait posé sa question à haute voix
era como se ela tivesse feito a pergunta em voz alta
et un instant plus tard, il fut hors de vue
e em outro momento, ele estava fora de vista
Alice resta pensivement à regarder le champignon
Alice ficou a olhar pensativa para o cogumelo
Elle essayait de distinguer quels étaient les deux côtés du champignon
ela estava tentando descobrir quais eram os dois lados do cogumelo
Enfin, elle étendit ses bras autour du champignon
Por fim, estendeu os braços em torno do cogumelo
Et elle cassa un peu les bords
e ela quebrou um pouco as arestas
« Et maintenant, de quel côté est-ce ? » se dit-elle
"E agora, de que lado é qual?", ela disse para si mesma
et elle grignota un peu du mors de la main droite
e ela mordiscou um pouco da mão direita
L'instant d'après, elle sentit un violent coup sous son

menton

No momento seguinte, sentiu um golpe violento debaixo do queixo

Son menton avait heurté son pied !

o queixo tinha batido no pé!

Elle fut bien effrayée par ce changement très soudain

Ela ficou muito assustada com essa mudança muito repentina

Elle rétrécissait très rapidement

Ela estava encolhendo muito rapidamente

Alors elle a rapidement mangé un peu de l'autre morceau de champignon

então ela rapidamente comeu um pouco do outro pedaço de cogumelo

Son menton était très serré contre son pied

O queixo foi pressionado muito contra o pé

Il y avait à peine de la place pour ouvrir la bouche

mal havia espaço para abrir a boca

mais elle parvint enfin à ouvrir la bouche

mas ela finalmente conseguiu abrir a boca

et elle avala un morceau du mors de la main gauche

e ela engoliu um pedaço da mão esquerda

« Ma tête a enfin été libérée ! » dit Alice

"Minha cabeça finalmente foi libertada!", disse Alice

Elle baissa les yeux sur elle-même

Ela olhou para si mesma

mais tout ce qu'elle pouvait voir, c'était une immense longueur de cou

mas tudo o que ela podia ver era um imenso comprimento de pescoço

Son cou semblait se dresser comme une tige

seu pescoço parecia erguer-se como um talo

et elle baissa les yeux sur une mer de feuilles vertes

e ela olhou para baixo sobre um mar de folhas verdes

« Où sont passées mes épaules ? »

"Onde é que os meus ombros chegaram?"

« Et oh, mes pauvres mains, comment se fait-il que je ne puisse pas vous voir ? »

"E oh, minhas pobres mãos, como é que eu não posso vê-lo?"
Mais son cou avait un avantage
Mas seu pescoço tinha um benefício
Elle pouvait bouger la tête dans n'importe quelle direction
ela podia mover a cabeça em qualquer direção
En fait, elle était comme un serpent
na verdade, ela era como uma serpente
Elle zigzague gracieusement, la tête baissée
Ela graciosamente ziguezagueou a cabeça para baixo
et elle remua la tête à travers les arbres
e ela moveu a cabeça através das árvores
Mais elle entendit alors un sifflement aigu
mas então ela ouviu um silvo agudo
Et elle tira rapidement la tête en arrière
e ela rapidamente puxou a cabeça para trás
Un gros pigeon lui avait volé au visage
um pombo grande tinha voado em seu rosto
et le pigeon était violemment avec ses ailes
e o pombo estava violentamente com as asas

« Serpent ! » cria le pigeon

"Serpente!", gritou o pombo

« Je ne suis pas un serpent ! » dit Alice avec indignation

"Eu não sou uma serpente!", disse Alice indignada

« Laisse-moi tranquille ! »

"Deixem-me em paz!"

« J'ai essayé les racines des arbres »

"Já experimentei as raízes das árvores"

— Et j'ai essayé des haies, continua le pigeon

"E eu tentei sebes", continuou o pombo

« Mais ces serpents ! Il n'y a pas moyen de leur plaire !

"Mas essas serpentes! Não há como agradá-los!"

Alice était de plus en plus perplexe

Alice estava cada vez mais intrigada

« Comme si ce n'était pas assez compliqué de faire éclore les œufs », a déclaré le pigeon

"Como se não fosse problema suficiente chocar os ovos", disse o pombo

« Nuit et jour, je dois aussi faire attention aux serpents ! »

"De noite e de dia também tenho de cuidar das serpentes!"

« Je venais de trouver l'arbre le plus haut de la forêt »

"Eu tinha acabado de encontrar a árvore mais alta da floresta"

« Je serais sûrement libre des serpents ici ? »

"certamente eu estaria livre de serpentes aqui?"

« Et un serpent sort du ciel ! »

"E sai uma serpente do céu!"

« Mais je ne suis pas un serpent, je vous le dis ! » dit Alice

"Mas eu não sou uma serpente, eu te digo!", disse Alice

"Je suis un... Je suis un... Je suis une petite fille, ajouta-t-elle d'un air un peu dubitatif

"Eu sou um... Eu sou um... Eu sou uma menina", acrescentou com bastante dúvida

Après tout, elle avait traversé beaucoup de changements

afinal, ela vinha passando por muitas mudanças

« Tu cherches des œufs », dit le pigeon

— Você está procurando ovos — disse o pombo

« Je le sais pertinemment »

"Eu sei disso por um fato"
« Et qu'importe que vous soyez une petite fille ou un serpent ? »
"E o que importa se você é uma menina ou uma serpente?"
— Cela m'importe beaucoup, dit Alice à la hâte
"É muito importante para mim", disse Alice apressadamente
« mais je ne cherche pas d'œufs, en l'occurrence »
"mas não estou à procura de ovos, como acontece"
« et je ne voudrais pas de tes œufs de toute façon »
"e eu não gostaria de seus ovos de qualquer maneira"
« Je n'aime pas mes œufs crus »
"Não gosto dos meus ovos crus"
« Eh bien, allez-vous-en ! » dit le pigeon d'un ton boudeur
"Bem, desligue-se então!", disse o pombo em tom de mau humor
et le pigeon se posa de nouveau dans son nid
e o pombo instalou-se novamente no seu ninho
Alice s'accroupit parmi les arbres du mieux qu'elle put
Alice agachou-se entre as árvores o melhor que pôde
Son cou ne cessait de s'emmêler parmi les branches
seu pescoço continuava se enroscando entre os galhos
De temps en temps, elle devait s'arrêter et se tordre le cou
de vez em quando ela tinha que parar e destorcer o pescoço
Au bout d'un moment, elle se souvint du champignon
Depois de algum tempo, lembrou-se do cogumelo
Elle tenait toujours les morceaux de champignon dans ses mains
ela ainda segurava os pedaços de cogumelo nas mãos
et elle se mit à l'œuvre avec beaucoup de soin
e ela começou a trabalhar com muito cuidado
D'abord, elle a grignoté un morceau
primeiro ela mordiscou um pedaço
puis elle grignota l'autre morceau
e então ela mordiscou o outro pedaço
Parfois, elle grandissait
às vezes ela ficava mais alta
et parfois elle devenait plus petite

e às vezes ela ficava mais curta
Mais finalement, elle a atteint sa taille habituelle
mas finalmente ela alcançou sua altura habitual
Elle n'avait pas été de sa taille depuis un certain temps
ela não tinha sua própria altura há algum tempo
Tout m'a semblé étrange pendant un moment
então tudo parecia estranho por um tempo
« La prochaine chose à faire est d'entrer dans ce beau jardin »
"A próxima coisa a fazer é entrar naquele belo jardim"
« Comment cela se fera-t-il, je me demande ? »
"Como é que isso vai ser feito, pergunto-me?"
En disant cela, elle tomba sur un endroit ouvert
Ao dizer isso, deparou-se com um lugar aberto
Il y avait une petite maison, un peu plus haute qu'un mètre
Havia uma casinha, um pouco mais alta do que um metro
« Je me demande qui habite cette petite maison »
"Pergunto-me quem vive nesta casinha"
« Je ne peux certainement pas y aller aussi grand que je le suis »
"Eu certamente não posso entrar tão grande quanto eu sou"
« Je les effrayerais terriblement ! »
"Eu os assustaria terrivelmente!"
alors elle grignota à nouveau le petit champignon
então ela mordiscou o pequeno cogumelo novamente
et bientôt elle s'abaissa de trente centimètres
e logo ela se abaixou trinta centímetros

Un cochon et du poivre

Um porco e um pouco de pimenta

Pendant une minute ou deux, elle resta à regarder la maison

Por um minuto ou dois, ela ficou olhando para a casa

Soudain, un valet de pied sortit en courant des bois

De repente, um peão saiu correndo da floresta

Il portait un uniforme de livrée spécial

ele estava usando um uniforme de pintura especial

à en juger par son seul visage, elle l'aurait traité de poisson

A julgar apenas pelo seu rosto, ela tê-lo-ia chamado de peixe

et il frappa bruyamment à la porte avec ses jointures

e bateu alto na porta com os dedos

La porte fut ouverte par un autre valet de pied

A porta foi aberta por outro peão

Ce valet de pied portait également une livrée spéciale

este peão também usava uma pintura especial

Ce valet de pied avait un visage rond et de grands yeux comme une grenouille

Este peão tinha um rosto redondo e olhos grandes como um sapo

**C'est le valet de pied qui ressemblait à un poisson qui a
initié la cérémonie**

O peão que parecia um peixe iniciou a cerimónia

Il sortit quelque chose de sous son bras

Ele puxou algo debaixo do braço

et il tira de dessous son bras une enveloppe

e puxou de debaixo do braço um envelope

et cette enveloppe, il la remit à l'autre valet de pied

e este envelope ele entregou ao outro peão

D'un ton cérémoniel, il lui donna les ordres

Num tom cerimonioso, disse-lhe as ordens

« Ce message s'adresse à la duchesse »

"Esta mensagem é para a Duquesa"

« Une invitation de la reine à jouer au croquet »

"Um convite da rainha para jogar croquet"

**Le valet de pied qui ressemblait à une grenouille répéta
l'ordre**

O peão que parecia um sapo repetiu a ordem

« De la reine »

"Da Rainha"

« Une invitation »

"um convite"

« pour la duchesse »

"para a Duquesa"

« Jouer au croquet »

"Brincando de croquete"

Puis ils s'inclinèrent tous les deux

Em seguida, ambos se curvaram

et les boucles de leurs perruques s'emmêlèrent

e os cachos em suas perucas se enroscaram

**Bientôt, le valet de pied qui ressemblait à un poisson a
disparu**

Logo o peão que parecia um peixe se foi

**Mais le valet de pied qui ressemblait à une grenouille était
toujours là**

mas o peão que parecia um sapo ainda estava lá

Il était assis par terre près de la porte

Ele estava sentado no chão perto da porta
Il regardait bêtement le ciel
ele estava olhando estupidamente para o céu
Alice s'approcha timidement de la porte et frappa
Alice foi timidamente até a porta e bateu
— Il ne sert à rien de frapper, dit le valet de pied
"Não adianta bater", disse o peão
« Et ce, pour deux raisons »
"e isso por duas razões"
« D'abord, parce que je suis du même côté de la porte que toi »
"Primeiro, porque estou do mesmo lado da porta que você"
« Deuxièmement, parce qu'ils font tellement de bruit à l'intérieur »
"em segundo lugar, porque estão a fazer muito barulho lá dentro"
« Personne ne pouvait vous entendre »
"ninguém poderia ouvi-lo"
Et il y avait certainement un bruit des plus extraordinaires à l'intérieur
E certamente havia um barulho extraordinário acontecendo dentro
des hurlements et des éternuements constants
um uivo e espirros constantes
et de temps en temps un bruit de grand fracas
e de vez em quando um som de grande batida
comme si un plat ou une bouilloire avait été brisé en morceaux
como se um prato ou chaleira tivesse sido partido em pedaços
« Comment vais-je entrer ? » demanda Alice
"Como é que eu vou entrar?", perguntou Alice
— Faut-il que tu entres ? dit le valet de pied
"Você deveria entrar?", perguntou o peão
« C'est la première question, vous savez »
"Essa é a primeira pergunta, você sabe"
Alice ouvrit la porte et entra
Alice abriu a porta e entrou

La porte menait directement à une grande cuisine

A porta levava à direita para uma grande cozinha

La cuisine était pleine de fumée d'un bout à l'autre

a cozinha estava cheia de fumaça de uma ponta à outra

au milieu de la cuisine se trouvait la duchesse

no meio da cozinha estava a Duquesa

Elle était assise sur un tabouret à trois pieds

Ela estava sentada em um banquinho de três patas

et elle allaitait un bébé

e ela estava amamentando um bebê

Le cuisinier était penché au-dessus du feu

O cozinheiro estava debruçado sobre o fogo

Il remuait un grand chaudron

ele estava mexendo um grande caldeirão

et le chaudron semblait être plein de soupe

e o caldeirão parecia estar cheio de sopa

« Il y a certainement trop de poivre dans cette soupe ! » Alice se dit

"Certamente há muita pimenta nessa sopa!" Alice disse a si mesma

Elle l'a dit du mieux qu'elle a pu sans éternuer

Ela disse o melhor que pôde sem espirrar

Même la duchesse éternuait de temps en temps

Até a duquesa espirrava ocasionalmente

Mais les actions du bébé étaient les plus remarquables

Mas as ações do bebê foram as mais notáveis

Le bébé éternuait et hurlait alternativement

O bebê espirrava e uivava alternadamente

Il n'y avait pas un instant de pause entre les hurlements et les éternuements

Não houve um momento de pausa entre uivar e espirrar

Il y avait deux créatures dans la cuisine qui n'éternuaient pas

Havia duas criaturas na cozinha que não espirravam

Le cuisinier était trop occupé pour éternuer

O cozinheiro estava muito ocupado para espirrar

et le gros chat ne semblait pas se soucier du poivre

e o gato grande parecia não se importar com a pimenta
Au lieu de cela, le gros chat souriait d'une oreille à l'autre
Em vez disso, o grande gato sorria de orelha a orelha
— Pourriez-vous me le dire, s'il vous plaît, dit Alice un peu timidement
— Por favor, você me diga — disse Alice, um pouco timidamente
« Pourquoi ton chat sourit-il comme ça ? »
"Por que seu gato está sorrindo assim?"
« C'est un Cheshire-Cat, » dit la duchesse
"É um Cheshire-Cat", disse a duquesa
« Et c'est pourquoi il sourit d'une oreille à l'autre »
"E é por isso que ele está sorrindo de orelha a orelha"
« Je ne savais pas qu'un Cheshire-Cat souriait toujours »
"Eu não sabia que um gato de Cheshire sempre sorria"
« En fait, je ne savais pas que les chats pouvaient sourire », a déclaré Alice
"Na verdade, eu não sabia que os gatos podiam sorrir", disse Alice
— Il y a beaucoup de choses que vous ne savez pas, dit la duchesse
"Há muita coisa que você não sabe", disse a duquesa
« Il y a beaucoup de choses que vous ne savez pas et c'est un fait »
"há muita coisa que você não sabe e isso é um fato"
Juste à ce moment-là, le cuisinier retira le chaudron de soupe du feu
Nesse momento, o cozinheiro tirou o caldeirão de sopa do fogo
et aussitôt, elle commença à jeter tout ce qui était à sa portée
e imediatamente ela começou a jogar tudo ao seu alcance
elle jeta tout ce qu'elle put sur la duchesse et le bébé
ela jogou tudo o que podia na Duquesa e no bebê
D'abord, elle jeta les fers à feu
Primeiro ela jogou os ferros de fogo
Puis elle a jeté une poignée de casseroles
Em seguida, ela jogou um punhado de panelas

et enfin elle jeta les assiettes et les plats

e finalmente ela jogou os pratos e pratos

La duchesse ne fit pas attention à elle

A duquesa não tomou conhecimento dela

Même lorsqu'elle a été frappée par une assiette, elle ne s'est pas inquiétée

Mesmo quando foi atingida por um prato, não se preocupou

Le bébé hurlait déjà tellement

O bebê já estava uivando tanto

Il était donc impossible de dire si les coups blessaient le bébé ou non

por isso, era impossível dizer se os golpes machucaram o bebê ou não

« Oh, je vous en prie, faites attention à ce que vous faites ! » s'écria Alice

"Oh, por favor, lembre-se do que você está fazendo!", gritou Alice

et elle sautait de haut en bas dans une agonie de terreur

e saltou para cima e para baixo numa agonia de terror

la duchesse offrit le bébé à Alice

a Duquesa ofereceu a Alice o bebé

« Ici ! Tu peux allaiter un peu le bébé, si tu veux !

"Aqui! Você pode amamentar um pouco o bebê, se quiser!"

et elle lui lança l'enfant tout en parlant

e ela jogou o bebê nela enquanto falava

« Je dois aller me préparer à jouer au croquet avec la reine »

"Tenho de ir preparar-me para jogar croquete com a rainha"

et elle se hâta de sortir de la chambre

e ela saiu apressada da sala

Alice attrapa le bébé avec quelque difficulté

Alice apanhou o bebé com alguma dificuldade

parce que c'était une petite créature de forme très étrange

porque era uma criaturinha de forma muito estranha

et l'enfant tendit les bras et les jambes dans toutes les directions

e o bebê estendeu os braços e as pernas em todas as direções

« Je ferais mieux d'emmener cet enfant avec moi », pensa

Alice
"É melhor eu levar essa criança comigo", pensou Alice
« Ils sont sûrs de tuer ce bébé dans un jour ou deux »
"Eles certamente matarão esse bebê em um ou dois dias"
**« Ne serait-ce pas un meurtre de laisser ce bébé derrière soi ?
»**
"Não seria assassinato deixar esse bebê para trás?"
Elle prononça les derniers mots à haute voix
Ela disse as últimas palavras em voz alta
Et la petite créature grogna en réponse
e a coisinha grunhiu em resposta
**« Tu ferais mieux de ne pas te transformer en cochon, ma
chère, » dit Alice**
"É melhor você não virar porco, minha querida", disse Alice
« ou alors je n'aurai plus rien à faire avec toi »
"ou então não terei mais nada a ver contigo"
Alice commençait à peine à penser en elle-même :
Alice estava apenas começando a pensar consigo mesma:
**« Maintenant, que vais-je faire de cette créature, quand je la
ramène à la maison ? »**
"Agora, o que devo fazer com esta criatura, quando a levar
para casa?"
Mais alors la petite créature grogna un peu violemment
mas então a pequena criatura grunhiu um pouco
violentamente
**et Alice baissa les yeux sur son visage avec une certaine
inquiétude**
e Alice olhou para o seu rosto com algum alarme
Cette fois, il ne pouvait y avoir d'erreur à ce sujet
Desta vez, não poderia haver erro sobre isso
Ce n'était ni plus ni moins qu'un cochon
não era nem mais nem menos do que um porco
alors elle déposa la petite créature
então ela colocou a pequena criatura para baixo
et la petite créature s'éloigna tranquillement dans le bois
e a pequena criatura trote silenciosamente na madeira
Alice se sentit tout à fait soulagée de voir la créature partir

Alice sentiu-se bastante aliviada ao ver a criatura partir.

Alice fut un peu surprise en voyant le Chat-Cheshire

Alice ficou um pouco assustada ao ver o Cheshire-Cat

Il était assis sur une branche d'arbre à quelques mètres de là

Ele estava sentado em um ramo de uma árvore a poucos metros de distância

Le chat ne sourit que lorsqu'il la vit

O gato só sorriu quando a viu

« Chat du Cheshire », commença Alice un peu timidement

"Cheshire-cat", começou Alice, bastante timidamente

« Pourriez-vous s'il vous plaît me dire dans quelle direction je dois aller à partir d'ici ? »

"Por favor, você me diria que caminho eu deveria seguir a partir daqui?"

« Dans cette direction », dit le chat

"Nessa direção", disse o gato

et il agita la patte droite

e acenou com a pata direita

« C'est dans cette direction que vit un fabricant de chapeaux »

"Nesse sentido vive um fabricante de chapéus"

puis le chat agita son autre patte

e então o gato acenou com a outra pata

« Et dans cette direction vit un lièvre de marche »

"e nessa direção vive uma lebre de março"

« Visitez l'un ou l'autre de vos goûts ; Ils sont tous les deux fous"

"Visite o que quiser; ambos estão loucos"

— Mais je ne veux pas aller parmi des fous, remarqua Alice

"Mas eu não quero ir entre loucos", comentou Alice

« Oh, tu ne peux pas t'en empêcher, » dit le Chat

"Ah, você não pode evitar isso", disse o Gato

« Nous sommes tous fous ici »

"Estamos todos loucos aqui"

« Tu joues au croquet avec la reine aujourd'hui ? »

"Você está jogando croquete com a rainha hoje?"

— J'aimerais beaucoup, dit Alice

"Eu gostaria muito", disse Alice
« mais je n'ai pas encore été invité »
"mas ainda não fui convidado"
« Tu me verras là-bas », dit le Chat
— Você vai me ver lá — disse o Gato
et d'un instant à l'autre le chat disparaissait
e de um momento para o outro o gato desapareceu
bientôt Alice arriva en vue de la maison du lièvre de marche
logo Alice avistou a casa da lebre marcha
C'était une très grande maison
Esta era uma casa muito grande
alors Alice ne voulait pas s'approcher de la maison
então Alice não queria ir perto da casa
D'abord, elle a dû grignoter un peu plus du morceau de champignon du côté gauche
primeiro ela teve que mordiscar mais um pouco do lado esquerdo do cogumelo

Un thé fou

uma festa de chá louca

Devant la maison, il y avait un arbre

Na frente da casa havia uma árvore

et sous l'arbre, il y avait une table

e debaixo da árvore havia uma mesa

et la table était dressée avec toutes sortes de couverts

e a mesa estava posta com todos os tipos de talheres

Le lièvre de mars et le chapelier étaient à table

a lebre de marcha e o fabricante de chapéus estavam à mesa

et ensemble ils prenaient le thé

e juntos tomavam chá

Un loir était assis entre eux

um dorrato estava sentado entre eles

et le loir dormait profondément

e o dorrato estava dormindo rápido

La table était d'une taille extraordinaire

A mesa era de tamanho extraordinário

mais la majeure partie de la table était inoccupée

mas a maior parte da mesa estava desocupada

**Ils étaient assis serrés les uns contre les autres dans un coin
de la table**

sentaram-se amontoados num canto da mesa

et pourtant ils s'excusaient quand ils voyaient Alice

e, no entanto, arranjaram desculpas quando viram Alice

« Pas de place ! Pas de place ! » crièrent-ils

"Sem espaço! Sem espaço!", gritaram

« Il y a beaucoup de place ! » dit Alice avec indignation

"Há muito espaço!", disse Alice indignada

**À l'une des extrémités de la table, il y avait un grand
fauteuil**

Em uma extremidade da mesa havia uma grande poltrona

et Alice s'assit dans le fauteuil

e Alice sentou-se na poltrona

Le chapelier ouvrit de grands yeux

O fabricante de chapéus abriu bem os olhos

Il n'arrivait pas à croire ce qu'il voyait

ele não conseguia acreditar no que estava vendo
Mais son esprit était curieux d'autres choses
mas sua mente estava curiosa sobre outras coisas
« Pourquoi un corbeau est-il comme un bureau ? »
"Por que um corvo é como uma escrivaninha?"
Alice était prête à relever le défi
Alice estava aberta ao desafio
« Je suis content qu'ils aient commencé à poser des énigmes »
"Ainda bem que começaram a perguntar enigmas"
— Je crois que je peux le deviner, ajouta-t-elle à haute voix
"Acredito que posso adivinhar isso", acrescentou em voz alta
Le lièvre de mars s'est curieux de connaître Alice
A lebre da marcha ficou curiosa sobre Alice
« Pensez-vous vraiment que vous pouvez trouver la réponse ? »
"Você realmente acha que pode encontrar a resposta?"
— Je crois que je peux trouver la réponse, en effet, dit Alice
"Acho que posso encontrar a resposta de fato", disse Alice
« Alors, tu devrais dire ce que tu veux dire », continua le lièvre de marche
"Então você deve dizer o que quer dizer", continuou a lebre da marcha
— Je dis ce que je pense, répondit vivement Alice
"Eu digo o que quero dizer", respondeu Alice apressadamente
« à tout le moins, je pense ce que je dis »
"no mínimo, quero dizer o que digo"
« C'est la même chose, vous savez »
"É a mesma coisa, sabe"
Le loir a également contribué à la conversation
O Dormouse também contribuiu para a conversa
mais le loir semblait parler dans son sommeil
Mas o dorrato parecia estar falando durante o sono
« Je respire quand je dors »
"Respiro quando durmo"
« Je dors quand je respire ! »
"Durmo quando respiro!"

« Autant dire qu'ils sont les mêmes aussi »
"você pode muito bem dizer que eles são os mesmos também"
« C'est la même chose pour toi », dit le chapelier
— É a mesma coisa com você — disse o fabricante de chapéus
Et il versa un peu de thé sur le nez du loir
e derramou um pouco de chá no nariz do dorrato
Le Loir secoua la tête avec impatience
O Dormouse balançou a cabeça impacientemente
et le loir parla de nouveau, sans ouvrir les yeux
e novamente o dorrato falou, sem abrir os olhos
« Bien sûr, bien sûr que c'est la même chose »
"Claro que é a mesma coisa"
« C'est juste ce que j'allais dire moi-même »
"era só isso que eu ia dizer"

Le chapelier se tourna vers Alice et lui posa une autre question
O fabricante de chapéus virou-se para Alice e fez outra pergunta
« As-tu déjà deviné l'énigme ? »
"Já adivinhou o enigma?"
« Non, j'abandonne », a concédé Alice
"Não, eu desisto", admitiu Alice
« Quelle est la réponse ? » voulait-elle savoir
"Qual é a resposta?", ela queria saber
— Je n'en ai pas la moindre idée, dit le chapelier

"Não tenho a menor ideia", disse o fabricante de chapéus
« Moi non plus, » dit le lièvre de marche
— Nem sei — disse a lebre da marcha
Alice poussa un soupir de lassitude
Alice deu um suspiro cansado
**« Il y a de meilleures utilisations du temps que des énigmes
sans réponses »**
"Há melhores usos do tempo do que enigmas sem respostas"
**« Prends encore du thé », dit le lièvre de marche à Alice, très
sérieusement**
— Tome mais um chá — disse a lebre de marcha a Alice, com
muita seriedade
Alice était assez offensée par l'offre
Alice ficou bastante ofendida com a oferta
— Je n'ai pas encore pris de thé, répondit Alice
"Ainda não tomei chá", respondeu Alice
« donc je ne peux plus prendre de thé »
"por isso não posso tomar mais chá"
**— Vous voulez dire que vous ne pouvez pas prendre moins
de thé, dit le chapelier**
"Quer dizer que não pode tomar menos chá", disse o
fabricante de chapéus
« C'est très facile de prendre plus que rien »
"É muito fácil levar mais do que nada"
À ces mots, Alice se leva et s'en alla
Nisto, Alice levantou-se e saiu
Le loir s'endormit instantanément
O dorrato adormeceu instantaneamente
**et ni l'un ni l'autre ne firent la moindre attention à son
départ**
e nenhum dos outros prestou a mínima atenção à sua ida
bien qu'elle ait regardé en arrière une ou deux fois
embora ela olhasse para trás uma ou duas vezes
Ils essayaient de mettre le loir dans la théière
eles estavam tentando colocar o dorrato no bule de chá
« En tout cas, je n'y retournerai plus ! » dit Alice
"De qualquer forma, nunca mais irei lá!", disse Alice

et elle se fraya un chemin à travers les bois

e ela caminhou através da floresta

« c'était le thé le plus stupide auquel j'aie jamais assisté »

"essa foi a festa de chá mais estúpida que eu já estive"

Juste au moment où elle disait cela, elle remarqua quelque chose

Assim que ela disse isso, ela notou algo

L'un des arbres avait une porte qui y menait directement

uma das árvores tinha uma porta que dava para dentro dela

« C'est très intéressant ! » a-t-elle pensé

"Isso é muito interessante!", pensou

« Je pense que je peux aussi bien passer la porte »

"Acho que posso muito bem passar pela porta"

Et elle passa par la porte

E pela porta ela foi

Une fois de plus, elle se retrouva dans le long couloir

Mais uma vez ela se viu no longo salão

de nouveau, elle était près de la petite table de verre

novamente ela estava perto da pequena mesa de vidro

Elle prit la petite clé d'or

ela pegou a pequena chave de ouro

et elle ouvrit la porte qui donnait sur le jardin

e destrancou a porta que dava para o jardim

Puis elle s'est mise au travail pour grignoter le champignon

Então ela começou a trabalhar mordiscando o cogumelo

Elle avait gardé un morceau du champignon dans sa poche

Ela tinha guardado um pedaço do cogumelo no bolso

Et finalement, elle mesurait environ un mètre

e, finalmente, ela tinha cerca de um metro de altura

Puis elle descendit le petit couloir

Em seguida, ela caminhou pelo pequeno corredor

Et puis elle s'est finalement retrouvée dans le magnifique jardin

e então ela finalmente se encontrou no belo jardim

et elle était parmi les fleurs brillantes et les fontaines fraîches

e ela estava entre a flor brilhante e as fontes frescas

Le terrain de croquet de la reine
O chão de croquete da rainha
Un grand rosier se dressait près de l'entrée du jardin
Uma grande roseira estava perto da entrada do jardim
Les roses qui poussaient sur l'arbre étaient blanches
as rosas que cresciam na árvore eram brancas
Mais il y avait trois jardiniers qui peignaient la rose
mas havia três jardineiros pintando a rosa
Ils étaient occupés à peindre les roses en rouge
eles estavam ocupados pintando as rosas de vermelho
et Alice les regardait peindre les roses en rouge
e Alice estava a vê-los pintar as rosas de vermelho
et soudain leurs yeux tombèrent par hasard sur Alice
e, de repente, os olhos caíram sobre Alice
Alice parlait un peu timidement
Alice falou um pouco timidamente
« Pourriez-vous me le dire, s'il vous plaît ? »
"Você me diria, por favor";
« Pourquoi peignez-vous tous ces roses ? »
"Por que vocês estão pintando essas rosas?"
cinq et sept ne dirent rien, mais regardèrent deux
cinco e sete não disseram nada, mas olharam para dois
deux d'entre eux parlèrent à voix basse
dois falaram, em voz baixa
— Eh bien, le fait est, voyez-vous, madame.
"Ora, o fato é que você vê, senhora"
« Celui-ci aurait dû être un rosier rouge »
"isto aqui devia ter sido uma roseira vermelha"
« Et nous avons mis un rosier blanc par erreur »
"e colocamos uma roseira branca por engano"
« Comme vous en conviendrez, la reine ne doit pas le découvrir »
"Como você concordaria, a rainha não deve descobrir"
« Sinon, nous aurions tous la tête tranchée »
"Caso contrário, teríamos todos a cabeça cortada"
« Alors vous voyez, madame, nous faisons de notre mieux »
"Então veja, senhora, estamos fazendo o nosso melhor"

La cinquième carte avait regardé anxieusement à travers le jardin

Card Five olhava ansiosamente para o outro lado do jardim

À ce moment, la cinquième carte cria : « La dame ! La reine !

Neste momento, o cartão cinco gritou: "A rainha! A rainha!"

Et les trois jardiniers s'enfuirent aussitôt

e os três jardineiros fugiram instantaneamente

et ils se jetèrent à plat ventre

e atiraram-se de bruços sobre os seus rostos

Il y eut un bruit de nombreux pas

Houve um som de muitos passos

Alice regarda autour d'elle, impatiente de voir la reine

Alice olhou ao redor, ansiosa para ver a rainha

Au début de la procession se trouvaient dix soldats

No início da procissão estavam dez soldados

leurs mains et leurs pieds étaient dans les coins

suas mãos e pés estavam nos cantos

et dans leurs mains et leurs pieds étaient des massues

e nas suas mãos e pés havia paus

Venaient ensuite les dix courtisans

Em seguida, vieram os dez cortesãos

Les courtisans étaient partout ornés de diamants

os cortesãos foram ornamentados com diamantes

Après les courtisans sont venus les enfants royaux

Depois dos cortesãos vieram as crianças reais

Il y avait dix enfants royaux

Havia dez dos filhos reais

et tous les enfants royaux étaient ornés de cœurs

e todas as crianças reais foram ornamentadas com corações

Venaient ensuite les invités ; principalement des rois et des reines

Em seguida, vieram os convidados; principalmente reis e rainhas

et parmi les rois et la reine, Alice vit quelqu'un

e entre os reis e a rainha Alice viu alguém

Elle revit le lapin blanc qu'elle avait chassé

Voltou a ver o coelho branco que perseguira

Le cortège était suivi par le valet de cœur
Seguiu-se o cortejo de corações
Il portait la couronne du roi
carregava a coroa do rei
et la couronne du roi était sur un coussin de velours cramoisi
e a coroa do rei estava sobre uma almofada de veludo carmesim
Et puis vint la fin de ce grand cortège
e então chegou o fim desta grande procissão
Et là, à la fin, il y avait le Roi et la Reine de Cœur
e lá no final estavam o rei e a rainha de copas
le cortège arriva en face d'Alice
a procissão veio em frente a Alice
et ils s'arrêtèrent tous et la regardèrent
e todos pararam e olharam para ela
et la reine dit sévèrement : « Qui est-ce ? »
e a rainha disse severamente: "Quem é este?"
Elle l'a dit au Valet de Cœur
Ela disse isso ao Valete de Copas
Mais il s'est contenté de s'incliner et de sourire en réponse
mas ele apenas se curvou e sorriu em resposta
Alice parla très poliment
Alice falou muito educadamente
« Je m'appelle Alice, alors faites plaisir à Votre Majesté »
"Meu nome é Alice, então por favor sua majestade"
Mais elle avait d'autres pensées pour elle-même
mas ela tinha outros pensamentos para si mesma
« Ce n'est qu'un jeu de cartes, après tout ! »
"Afinal, são apenas um pacote de cartas!"
« Savez-vous jouer au croquet ? » cria la reine
"Você pode jogar croquet?", gritou a rainha
La question était évidemment destinée à Alice
A pergunta era evidentemente destinada a Alice
— Oui ! dit Alice d'une voix forte
"Sim!", disse Alice em voz alta
« Venez jouer alors ! » rugit la reine
"Vem brincar então!", esbravejou a rainha

une voix timide s'adressa à Alice
uma voz tímida falou com Alice
« C'est une très belle journée ! »
"É um dia muito bom!"
Elle se promenait près du lapin blanc
Ela estava andando pelo coelho branco
et le Lapin Blanc jetait un coup d'œil anxieux sur son visage
e o Coelho Branco espiava ansiosamente em seu rosto
« Une très belle journée, en effet, confirma Alice
"Um dia muito bom mesmo", confirmou Alice
« Où est la duchesse ? »
"Onde está a duquesa?"
« Chut ! Chut ! dit le Lapin
"Hush! Hush!", disse o Coelho
« Elle est sous le coup d'une sentence d'exécution »
"Ela está sob pena de execução"
« Pourquoi est-elle exécutée ? » demanda Alice
"Para que ela está sendo executada?", perguntou Alice
« Elle a éraflé les oreilles de la reine », commença le lapin
"Ela arrancou as orelhas da rainha", começou o coelho
cria la reine d'une voix de tonnerre
gritou a rainha em voz de trovão
« Retournez à vos endroits ! »
"Chegue aos seus lugares!"
et les gens se mirent à courir dans toutes les directions
e as pessoas começaram a correr em todas as direções
et ils tombèrent tous les uns contre les autres
e todos eles se enfrentaram
Cependant, ils se sont calmés en une minute ou deux
No entanto, eles se acomodaram em um ou dois minutos
Et puis le jeu a commencé
e então o jogo começou
Alice n'avait jamais vu un terrain de croquet aussi curieux
Alice nunca tinha visto um croquete tão curioso
L'herbe n'était que crêtes et sillons
a grama era toda de sulcos e sulcos
Les boules de croquet étaient de vrais hérissons

As bolas de croquete eram verdadeiros ouriços
Et les maillets étaient de vrais flamants roses
e os martelos eram verdadeiros flamingos
et les soldats se tinrent sur leurs mains et leurs pieds
e os soldados ficaram de pé e mãos
Parce que les arches ont été faites à partir de leurs corps
porque os arcos eram feitos a partir dos seus corpos
Les joueurs ont tous joué en même temps
Os jogadores jogaram todos ao mesmo tempo
Personne n'attendait son tour
ninguém esperou pela sua vez
et tout le monde se querellait avec tout le monde
e todos brigavam com todos
et tous se battaient pour les hérissons
e todos lutavam pelos ouriços
Bientôt, la reine fut dans une colère furieuse
Logo a rainha estava em uma paixão furiosa
et elle s'est mise à piétiner et à crier
e ela começou a carimbar e gritar
« Coupez-lui la tête ! »
"Pique a cabeça dele!"
« Coupez-lui la tête ! »
"Corte a cabeça dela!"
« Coupez-leur la tête ! »
"Pique todas as cabeças!"
De nouveau, Alice pensa en elle-même
Mais uma vez Alice pensou consigo mesma
« Ils sont affreusement friands de décapiter les gens ici »
"Eles gostam muito de decapitar pessoas aqui"
**« Ce qui est très étonnant, c'est qu'il reste quelqu'un en vie !
»**
"A grande maravilha é que ainda há alguém vivo!"
Elle cherchait un moyen de s'échapper
Ela estava procurando alguma maneira de escapar
Elle remarqua une curieuse apparition dans l'air
Ela notou uma aparência curiosa no ar
« C'est le chat du Cheshire », se dit-elle

"É o gato Cheshire", disse ela a si mesma

« maintenant j'aurai quelqu'un à qui parler »

"agora vou ter alguém com quem falar"

« Comment vas-tu ? » dit le chat

"Como você está se saindo?", disse o gato

« Je ne pense pas qu'ils jouent du tout équitablement », a déclaré Alice

"Acho que eles não jogam de forma justa", disse Alice

et elle avait un ton plutôt plaintif

e ela tinha um tom bastante reclamante

« Ils se querellent tous si affreusement »

"todos eles brigam tão terrivelmente"

« On ne s'entend pas parler »

"Não se ouve falar"

« Et ils ne semblent pas jouer selon des règles »

"e eles não parecem jogar de acordo com nenhuma regra"

le chat a posé une question à Alice à voix basse

o gato fez uma pergunta a Alice em voz baixa

« Comment aimez-vous la reine ? »

"Como você gosta da rainha?"

— Je ne l'aime pas du tout, dit Alice

"Eu não gosto nada dela", disse Alice

Alice pensa qu'elle ferait aussi bien d'y retourner
Alice pensou que poderia muito bem voltar
Elle voulait voir comment le match se passait
ela queria ver como estava o jogo
Elle est partie à la recherche de son hérisson
Ela saiu em busca de seu ouriço
Le hérisson était occupé à combattre un autre hérisson
O ouriço estava ocupado lutando contra outro ouriço
C'était une excellente occasion
Esta foi uma excelente oportunidade
Elle pouvait croquer un hérisson avec l'autre
ela podia croquetar um ouriço com o outro
Mais son flamant rose était de l'autre côté du jardin
mas seu flamingo estava do outro lado do jardim
Le flamant rose était plutôt maladroit
o flamingo era bastante desajeitado
Son flamant rose essayait de s'envoler dans un arbre
seu flamingo estava tentando voar para cima de uma árvore
Elle attrapa le flamant rose par la patte
Ela pegou o flamingo pela perna
Et elle glissa le flamant rose sous son bras
e ela enfiou o flamingo debaixo do braço
De cette façon, le flamant rose ne pouvait plus s'échapper
Dessa forma, o flamingo não conseguia escapar novamente
Juste à ce moment-là, Alice rencontra la duchesse
Nesse momento, Alice conheceu a duquesa
La duchesse était maintenant sortie de prison
A duquesa estava agora fora da prisão
Elle glissa affectueusement son bras sous celui d'Alice
Ela enfiou o braço carinhosamente debaixo do braço de Alice
puis ils sont partis ensemble
e então eles saíram juntos
Alice était très heureuse de la trouver d'une humeur si agréable
Alice ficou muito feliz por encontrá-la em um temperamento tão agradável
Elle était cependant un peu surprise

No entanto, ela ficou um pouco assustada
Elle entendit la voix de la duchesse près de son oreille
Ela ouviu a voz da Duquesa perto de seu ouvido
« Tu penses à quelque chose, ma chérie »
"Você está pensando em alguma coisa, meu caro"
« Et ça fait oublier de parler »
"e isso faz esquecer de falar"
« Le jeu se passe un peu mieux maintenant », a déclaré Alice
"O jogo está indo muito melhor agora", disse Alice
C'était une façon de poursuivre la conversation
era uma forma de manter a conversa
— C'est vrai, dit la duchesse
"É assim mesmo", disse a duquesa
« Et la morale de cela est la suivante : »
"E a moral disso é esta:"
« C'est l'amour qui fait tout ! »
"É o amor que faz tudo!"
« L'amour est ce qui fait tourner le monde »
"O amor é o que faz o mundo girar"
Alice avait une autre explication
Alice tinha outra explicação
« C'est fait par tout le monde qui s'occupe de ses propres affaires ! »
"É feito por cada um cuidando do seu próprio negócio!"
— Ah ! Vous pourriez avoir raison"
"Ah, bem! Você pode estar certo"
— Tout cela signifie à peu près la même chose, dit la duchesse
"Tudo significa a mesma coisa", disse a duquesa
et elle enfonça son petit menton pointu dans l'épaule d'Alice
e ela enfiou o queixo afiado no ombro de Alice
« Et la morale de cela est la suivante »
"e a moral disso é essa"
« Prendre soin du sens »
"Cuide do sentido"
« Et puis les sons prendront soin d'eux-mêmes »
"e então os sons vão cuidar de si mesmos"

Mais alors le bras de la duchesse se mit à trembler
Mas então o braço da duquesa começou a tremer
Alice leva les yeux et la reine se tenait là
Alice olhou para cima e lá estava a rainha
La reine avait les bras croisés
A rainha estava de braços cruzados
Et elle fronçait les sourcils comme un orage !
e ela franzia a testa como uma tempestade!
« Je vous préviens », cria la reine
"Dou-lhe um aviso justo", gritou a rainha
et elle piétina le sol tout en parlant
e ela pisou no chão enquanto falava
« Soit ta tête, soit sa tête doit être coupée »
"Ou a cabeça ou a cabeça dela devem estar apagadas"
« Faites votre choix ! »
"Faça a sua escolha!"
« Et soyez rapide à ce sujet »
"e seja rápido sobre isso"
La duchesse fait son choix
A duquesa fez a sua escolha
et au bout d'un instant la duchesse avait disparu
e em um momento a duquesa se foi
Puis la reine s'adressa à Alice
Em seguida, a rainha falou com Alice
« Continuons le jeu »
"Vamos continuar com o jogo"
Alice était trop effrayée pour dire un mot
Alice estava muito assustada para dizer uma palavra
et elle la suivit lentement jusqu'au terrain de croquet
e ela lentamente a seguiu de volta para o chão de croquete
Pendant tout ce temps, la reine s'est querellée avec les autres joueurs
O tempo todo a rainha brigou com os outros jogadores
« Coupez-lui la tête ! »
"Pique a cabeça dele!"
« Coupez-lui la tête ! »
"Corte a cabeça dela!"

« Coupez-leur la tête ! »
"Pique todas as cabeças!"
Bientôt, tous les joueurs ont été en garde à vue
Logo todos os jogadores estavam sob custódia
il ne restait que le roi, la reine et Alice
apenas o rei, a rainha e Alice permaneceram
Puis la reine s'en alla, tout à fait essoufflée
Então a rainha foi embora, sem fôlego
et elle s'en alla avec Alice
e ela foi embora com Alice
Alice entendit le roi dire quelque chose
Alice ouviu o rei dizer baixinho alguma coisa
« Vous êtes tous pardonnés »
"Vocês estão todos perdoados"
Mais soudain, un autre cri se fit entendre
mas, de repente, ouviu-se outro grito
« Le procès commence ! »
"O julgamento está a começar!"
et Alice courut avec les autres
e Alice correu junto com os outros

Qui a volé les tartes ?

quem roubou as tortas?

Le roi et la reine de cœur étaient assis

O rei e a rainha de corações estavam sentados

ils étaient sur leur trône quand Alice arriva

eles estavam em seu trono quando Alice chegou

Il y avait une grande foule rassemblée autour d'eux

havia uma grande multidão reunida em torno deles

Il y avait toutes sortes de petits oiseaux et de bêtes

Havia todos os tipos de passarinhos e bestas

Et il y avait tout le paquet de cartes

e havia todo o pacote de cartas

Le coquin se tenait devant eux, enchaîné

o valete estava parado à sua frente, acorrentado

et il y avait un soldat de chaque côté pour le garder

e havia um soldado de cada lado para protegê-lo

près du roi était le lapin blanc

perto do rei estava o coelho branco

Il avait une trompette dans une main

tinha uma trombeta numa das mãos

et il avait un rouleau de parchemin dans l'autre main

e tinha um pergaminho na outra mão

Au milieu de la cour se trouvait une table

No meio da quadra havia uma mesa

Sur la table, il y avait un grand plat de tartes

sobre a mesa havia um grande prato de tortas

« J'aimerais qu'ils fassent le procès », pensa Alice

"Eu gostaria que eles fizessem o julgamento", pensou Alice

« Alors nous pourrions manger quelques-uns de ces rafraîchissements ! »

"Então poderíamos comer alguns desses refrescos!"

Le juge, soit dit en passant, était le roi

O juiz, aliás, era o rei

et il portait sa couronne sur sa grande perruque

e usava a coroa sobre a sua grande peruca

« C'est le banc des jurés, pensa Alice

"Essa é a caixa do júri", pensou Alice

« Et ces douze créatures, je suppose qu'elles sont les jurés »

"e essas doze criaturas, suponho que sejam os jurados"

certains étaient des animaux, et d'autres étaient des oiseaux

alguns eram animais e outros eram pássaros

Juste à ce moment-là, le lapin blanc a crié

Nesse momento, o coelho branco gritou

« Silence dans la cour ! »

"Silêncio no tribunal!"

« Héraut, lisez l'accusation ! » dit le roi

"Arauto, leia a acusação!", disse o rei

Le lapin blanc souffla trois coups de trompette

O coelho branco soou três explosões na trombeta

Puis il déroula le parchemin

depois desenrolou o pergaminho-pergaminho

Et il a lu ce qui suit :

e leu o seguinte:

« La reine de cœur, elle a fait des tartes, »
"A rainha de corações, ela fez umas tortas"
« Tout cela, elle l'a fait un jour d'été »
"Tudo isto ela fez num dia de verão"
« Le valet de cœur, il a volé ces tartes »
"A nave dos corações, roubou aquelas tortas"
« Et il a emporté ces tartes loin ! »
"E ele levou aquelas tortas para longe!"
« Appelez le premier témoin », dit le roi
— Chame a primeira testemunha — disse o rei
et le lapin blanc souffla trois coups de trompette
e o coelho branco soou três explosões na trombeta
« Amenez le premier témoin ! » cria-t-il
"Traga a primeira testemunha!", gritou
Le premier témoin était le chapelier
A primeira testemunha foi o fabricante de chapéus
Il entra avec une tasse de thé dans une main
Ele entrou com uma xícara de chá em uma das mãos
et il avait un morceau de pain et de beurre dans l'autre main
e tinha um pedaço de pão com manteiga na outra mão
« Tu aurais dû finir », dit le roi
— Você deveria ter terminado — disse o rei
« Quand avez-vous commencé ? »
"Quando você começou?"
Le chapelier regarda le lièvre de marche
O fabricante de chapéus olhou para a lebre de marcha
Le lièvre de marche l'avait suivi dans la cour
a lebre de marcha o seguira até a corte
Il avait marché bras dessus bras dessous avec le loir
Ele tinha andado de braços dados com o dorrato
« Le quatorzième mars, je crois, dit-il
"Décimo quarto de março, acho que foi", disse ele
« Rendez votre témoignage », dit le roi
— Dê suas provas — disse o rei
« Et ne sois pas nerveux, ou je te ferai exécuter sur-le-
champ »
"e não fique nervoso, ou eu vou mandar executá-lo na hora"

Cela n'a pas semblé encourager du tout le témoin
Isso não parecia encorajar a testemunha
Il n'arrêtait pas de se déplacer d'un pied sur l'autre
ele continuou mudando de um pé para o outro
et il regarda la reine avec inquiétude
e olhou inquieto para a rainha
**et, dans sa confusion, il mordit un gros morceau de sa tasse
de thé**
e, em sua confusão, ele mordeu um grande pedaço de sua
xícara de chá
En réalité, il voulait croquer dans son pain et son beurre
realmente ele queria morder seu pão com manteiga
Juste à ce moment, Alice éprouva une sensation très curieuse
Neste momento Alice sentiu uma sensação muito curiosa
Elle commençait à grossir à nouveau
ela estava começando a crescer novamente
Le misérable chapelier laissa tomber sa tasse de thé
O miserável fabricante de chapéus deixou cair a sua chávena
de chá
et le pain et le beurre tombèrent à terre
e o pão e a manteiga caíram por terra
et il mit un genou à terre
e ele desceu de joelhos
« Je suis un pauvre homme, Votre Majesté », a-t-il commencé
"Sou um pobre homem, vossa majestade", começou
« Vous êtes un bien mauvais orateur, » dit le roi
— Você é um orador muito pobre — disse o rei
« Tu peux y aller, » dit le roi
— Pode ir — disse o rei
et le chapelier quitta précipitamment la cour
e o fabricante de chapéus saiu apressado do tribunal
« Appelez le témoin suivant ! » dit le roi
"Chame a próxima testemunha!", disse o rei
Le témoin suivant fut le cuisinier de la duchesse
A próxima testemunha foi a cozinheira da duquesa
Elle portait la poivrière à la main
Ela carregava a caixa de pimenta na mão

et les gens près de la porte se mirent à éternuer tout à coup
e as pessoas perto da porta começaram a espirrar de uma só
vez
« Rendez votre témoignage », dit le roi
— Dê suas provas — disse o rei
— Je ne donnerai aucun témoignage, dit le cuisinier
"Não vou dar provas", disse o cozinheiro
Le roi regarda anxieusement le lapin blanc
O rei olhou ansioso para o coelho branco
Et le lapin blanc parlait d'une voix douce
e o coelho branco falou em voz baixa
« Votre Majesté doit contre-interroger ce témoin »
"Vossa Majestade deve interrogar esta testemunha"
« Eh bien, s'il le faut, il le faut, » dit le roi
"Bem, se eu preciso, eu devo", disse o rei
« De quoi sont faites les tartes ? »
"De que são feitas as tortas?"
**« Les tartes sont faites de poivre, principalement », a déclaré
le cuisinier**
"As tortas são feitas de pimenta, principalmente", disse o
cozinheiro
**Pendant quelques minutes, toute la cour fut dans la
confusion**
Durante alguns minutos, toda a quadra ficou confusa
Finalement, ils se sont tous calmés
eventualmente, todos eles se estabeleceram novamente
Mais à ce moment-là, le cuisinier avait disparu
mas nessa altura o cozinheiro já tinha desaparecido
« N'importe ! » dit le roi
"Não importa!", disse o rei
« Appel à la barre du prochain témoin »
"Chame para a tribuna a próxima testemunha"
Alice regarda le lapin blanc qui tâtonnait sur la liste
Alice observou o coelho branco enquanto ele se atrapalhava
com a lista
**Vous pouvez imaginer sa surprise à ce qu'elle a entendu
ensuite**

você pode imaginar sua surpresa com o que ela ouviu a seguir

à tue-tête de sa petite voix aiguë, il appela le nom « Alice ! »

no alto de sua vozinha estridente, ele chamou o nome de
"Alice!"

Le témoignage d'Alice
Provas de Alice

« Ici ! » s'écria Alice

"Aqui!", gritou Alice

Elle se leva d'un bond en toute hâte

Ela saltou com muita pressa

et elle renversa le banc des jurés

e ela tombou sobre a caixa do júri

et elle renversa tous les jurés

e derrubou todos os jurados

et ils tombèrent sur la tête de la foule en bas

e caíram sobre as cabeças da multidão abaixo

Alice était dans un grand désarroi

Alice estava muito consternada

« Oh ! je vous demande pardon ! » s'écria-t-elle

"Oh, peço perdão!", exclamou

« Le procès ne peut pas avoir lieu », dit le roi

"O julgamento não pode prosseguir", disse o rei

« Les jurés doivent retourner à leur place »

"Os jurados devem voltar aos seus devidos lugares"

Il répéta l'ordre avec beaucoup d'emphase

repetiu a ordem com grande ênfase

et il regarda Alice d'un air sévère

e olhou para Alice com severidade

« Que savez-vous de ces événements ? » demanda le roi à Alice

"O que sabes sobre estes acontecimentos?", perguntou o rei a Alice

— Je ne sais rien à ce sujet, dit Alice

"Não sei nada sobre o assunto", disse Alice

Le roi lut ensuite un extrait de son livre
O rei então leu de seu livro
« Règle quarante-deux »
"Regra quarenta e duas"
**« Toutes les personnes de plus d'un kilomètre de haut
doivent quitter le tribunal »**
"Todas as pessoas com mais de um quilómetro de altura
devem abandonar o tribunal"
« Je ne suis pas à un mille de haut, » dit Alice
"Eu não tenho um quilômetro de altura", disse Alice
« Près de deux milles de haut », dit la reine
"Quase dois quilômetros de altura", disse a rainha

— Eh bien, je refuse d'y aller, dit Alice
— Bem, eu me recuso a ir — disse Alice
Le roi pâlit
O rei ficou pálido
et il ferma précipitamment son carnet
e fechou apressadamente o caderno de notas
« Considérez votre verdict », a-t-il dit au jury
"Considere seu veredicto", disse ele ao júri

Il parlait d'une voix basse et tremblante
Ele falou com uma voz baixa e trêmula
Puis le lapin blanc prit la parole
Então o coelho branco falou
« Il y a encore plus de preuves à venir »
"Ainda há mais evidências por vir"
et il se leva d'un bond en toute hâte
e saltou com muita pressa
« Ce papier vient d'être retiré »
"Este artigo acaba de ser retirado"
« On dirait que c'est une lettre écrite par le prisonnier »
"Parece ser uma carta escrita pelo prisioneiro"
Il déplia le papier tout en parlant
Ele desdobrou o papel enquanto falava
« Ce n'est pas une lettre, après tout »
"Afinal, não é uma carta"
« Ce que c'était, c'était un ensemble de versets »
"o que era era um conjunto de versos"
« S'il vous plaît, Votre Majesté », dit le coquin
— Por favor, sua majestade — disse o knave
« Je n'ai pas écrit ces vers »
"Eu não escrevi esses versos"
« et ils ne peuvent pas prouver que j'ai écrit quoi que ce soit »
"e eles não podem provar que eu escrevi nada"
« Il n'y a pas de nom signé à la fin »
"Não há nome assinado no final"
Le roi parla au fripon
O rei falou ao Valete
« Vous avez dû vouloir causer des méfaits »
"Você deve ter tido a intenção de causar alguma travessura"
« Sinon, tu aurais signé ton nom comme un honnête homme »
"caso contrário, você teria assinado seu nome como um homem honesto"
Il y eut un claquement général de mains
Houve um aplauso geral

Et le roi se tourna vers le lapin blanc
e o rei voltou-se para o coelho branco
« Lisez les vers », ordonna-t-il
"Leia os versos", ordenou
Il y eut un silence de mort dans la cour
Houve silêncio morto no tribunal
et le lapin blanc lut les versets
e o coelho branco leu os versos
Ils m'ont dit que vous étiez allé chez elle
Disseram-me que tinha estado com ela
Et ils lui parlèrent de moi
E eles me mencionaram a ele
Elle m'a donné un bon caractère
Ela me deu um bom caráter
Mais elle a dit que je ne savais pas nager
Mas ela disse que eu não sabia nadar
Il leur a fait savoir que je n'étais pas parti
Mandou-lhes a notícia de que eu não tinha ido
Nous savons que c'est vrai
Sabemos que é verdade
Si elle poussait l'affaire, que deviendriez-vous ?
Se ela insistisse no assunto, o que seria de você?
Je lui en ai donné un, ils lui en ont donné deux
Dei-lhe um, deram-lhe dois
Vous nous en avez donné trois ou plus
Deu-nos três ou mais
Ils sont tous revenus de sa part vers vous
Todos eles voltaram dele para você
bien qu'ils aient été les miens avant
embora fossem meus antes
Si j'avais la chance d'être
Se eu ou ela tiver a chance de ser
Si j'étais impliqué dans cette affaire
Se eu ou ela estivesse envolvido neste caso
Il compte en vous pour les libérer
Ele confia em você para libertá-los
Exactement comme nous étions

Exatamente como nós éramos
Mon idée, c'est que vous aviez été
A minha noção era que tinha sido
Avant qu'elle n'ait cette crise
Antes ela tinha esse encaixe
Un obstacle qui s'est dressé entre
Um obstáculo que surgiu entre
Lui, et nous-mêmes, et cela
Ele, e nós mesmos, e ele
Ne lui faites pas savoir qu'elle les aimait mieux
Não deixe que ele saiba que ela gostou mais deles
Car cela doit être à jamais un secret, caché à tous les autres
Pois isto deve ser para sempre um segredo, guardado de todo
o resto
Ce secret doit rester un secret entre vous et moi
Este segredo deve permanecer um segredo entre mim e você
Le roi était très impressionné
O rei ficou muito impressionado
**« C'est la preuve la plus importante que nous ayons
entendue jusqu'à présent »**
"Essa é a evidência mais importante que já ouvimos"
**— Je ne crois pas que ces vers aient un atome de sens,
objecta Alice**
"Não acredito que esses versos carreguem um átomo de
significado", objetou Alice
le roi avait sa propre opinion sur la question
o rei tinha a sua própria opinião sobre o assunto
**« S'il n'y a pas de sens dans ces mots, cela sauve un monde
de problèmes »**
"Se não há significado nessas palavras, isso salva um mundo
de problemas"
**« Alors nous n'avons pas besoin d'essayer de trouver le
sens »**
"então não precisamos tentar encontrar o significado"
« Laissons le jury délibérer sur son verdict »
"Que o júri considere o seu veredicto"
« Non, non ! » dit la reine

"Não, não!", disse a rainha
« La condamnation d'abord, le verdict ensuite »
"Sentença primeiro, veredicto depois"
« Des bêtises et des bêtises ! » dit Alice à haute voix
"Coisas e bobagens!", disse Alice em voz alta
« Comme il est stupide de condamner l'accusé en premier ! »
"Que bobagem condenar o réu primeiro!"

« Tais-toi ! » dit la reine en devenant violette
"Segura a língua!", disse a rainha, ficando roxa
« Je ne me tairai pas ! » dit Alice
"Não vou segurar a língua!", disse Alice
cria la reine à tue-tête
A rainha gritou no alto de sua voz
« Coupez-lui la tête ! »
"Corte a cabeça dela!"
Personne n'a fait un mouvement
Ninguém fez um movimento
« Qui se soucie de ce que vous dites ? » dit Alice
"Quem se importa com o que você diz?", disse Alice
Elle avait atteint sa taille maximale à ce moment-là
por esta altura, já tinha atingido o seu tamanho total

« Tu n'es rien d'autre qu'un jeu de cartes ! »
"Você não passa de um pacote de cartas!"
À ces mots, toutes les cartes se levèrent dans les airs
Nisto, todas as cartas subiram no ar
et toutes les cartes s'abattaient sur elle
e todas as cartas desceram voando sobre ela
Elle poussa un petit cri
Ela deu um pequeno grito
Elle était à moitié effrayée, mais aussi en colère
Ela estava meio com medo, mas também com raiva
Et elle a essayé de se battre contre les cartes
e ela tentou lutar contra as cartas de si mesma
puis elle se retrouva allongée sur le talus d'herbe
e então ela se viu deitada no banco de grama
Sa tête était sur les genoux de sa sœur
a cabeça estava no colo da irmã
Des feuilles mortes s'étaient posées sur son visage
algumas folhas mortas haviam pousado em seu rosto
et sa sœur balayait doucement les feuilles
e sua irmã estava suavemente escovando as folhas
« Réveille-toi, ma chère Alice ! » dit sa sœur
"Acorda, Alice querida!", disse a irmã
« Quel long sommeil tu as eu ! »
"Que longo sono você teve!"
« Oh, j'ai fait un rêve si curieux ! » dit Alice
"Ah, eu tive um sonho tão curioso!", disse Alice
Et elle raconta à sa sœur tout ce qu'elle pouvait se rappeler
E contou à irmã tudo o que se lembrava
toutes les étranges aventures que vous venez de lire
todas as estranhas aventuras que você acabou de ler sobre
Alice se leva et s'enfuit en courant
Alice levantou-se e fugiu
et elle pensait, tout en courant, à son rêve
e pensou, enquanto corria, no seu sonho
« Quel rêve merveilleux cela avait été ! »
"Que sonho maravilhoso tinha sido!"

www.ingramcontent.com/pod-product-compliance
Lightning Source LLC
Chambersburg PA
CBHW011048190726
48290CB00011B/3051